Laura Gallego García

Retorno a la Isla Blanca

Ilustrado por Victor Soler

EDITORIAL
brIef

Primera edición, Octubre 2001

Escrito por Laura Gallego García
Diseño colección e Ilustraciones: Victor Soler
Maquetación de texto: Rosa G2

© Brief Ediciones S.L.
C/ Colón 34
46004 Valencia
E-mail: info@edibrief.es

Reservados los derechos de edición.

Imprime: *Blau Verd impressors, s.l.l.*
Alcàntera de Xúquer (Valencia)

Depósito legal: V - 3975 - 2001
I.S.B.N.: 84 - 931888 - 6 - 7

IMPRESO EN ESPAÑA - PRINTED IN SPAIN

En un lugar distante, más distante aún que la propia Luna,
la música es capaz de penetrar y hacer milagros.

Paulo Coelho

"Verónika decide morir"

Índice

Prologo

La Isla Blanca

Ellos vivían desde hacía incontables milenios en la Isla, que se alzaba como un fantasma entre las brumas del Mar de Zafir. La Isla había estado allí siempre, con sus playas de arenas blancas donde rompían las olas que extendían su manto de espuma sobre la orilla; con sus acantilados de roca caliza, con sus bloques de mármol y su altísima montaña con la cumbre cubierta de nieve virgen. La Isla lo dominaba todo desde la superficie del mar, como un vigía insomne.

Los habitantes de la Isla eran gente alegre y pacífica. Sus risas cristalinas, sus albas túnicas, sus rostros agradables y bondadosos... eran parte de la Isla, como la Isla era parte de ellos. Poseían unas hermosas alas de pluma de cisne que les nacían en la espalda, y por ello solían decir que vivían más cerca del cielo que ningún mortal.

Su líder era un hombre a quien llamaban el Guía, porque podía remontarse en el aire más alto que ninguno, enredando sus alas en jirones de nubes y observando la Isla desde arriba; por eso veía más lejos, y decía que subía tan alto que en los días claros podía ver en el horizonte la línea borrosa del continente.

Pero aquel día algo no era igual que siempre; los moradores de la Isla estaban serios y preocupados, y el Guía había dicho que no tenía ganas de volar; se había sentado sobre la roca más alta de los acantilados de caliza, porque necesitaba pensar.

La noche anterior, bajo la pálida luz de la luna llena, dos amigos habían tenido una fuerte disputa, quebrando la paz y la armonía en los corazones de las criaturas aladas. Gritos, malas palabras... aquello nunca antes había sucedido en la Isla.

El Guía meditaba, sus ojos fijos en la espuma de las olas que se estrellaban contra los bloques de mármol.

De pronto oyó un grito, y vio dos figuras que descendían volando desde lo alto de la montaña. El Guía no pudo distinguirlas con claridad, porque sus formas se confundían con el cielo, completamente encapotado con un manto de nubes blancas.

El Guía se puso en pie de un salto. Una de las figuras parecía perseguir a la otra, y las dos descendían en picado a una velocidad vertiginosa.

El Guía desplegó las alas y acudió a su encuentro. Suspendido en el aire, gritó... y su llamada de advertencia se mezcló con otro grito de miedo y dolor.

Todo fue demasiado rápido. Una mancha roja se extendía sobre las blancas rocas de mármol.

Retumbó un trueno.

Capítulo I

Bosque Verde

—¡Única, despierta!

Única abrió los ojos con sobresalto. El corazón le latía muy deprisa, y respiraba con dificultad.

—El trueno... —murmuró.

—Era una pesadilla, Única —explicó una vocecita jovial.

Única se restregó un ojo, se estiró sobre su cama de hierbas y se volvió hacia la pequeña figura que se recortaba contra la luz del exterior en la puerta de su agujero. Reconoció a Fisgón, el gnomo.

—Buenos días, hermosa dama —saludó el hombrecillo, quitándose ceremoniosamente su elegante sombrero y saltando al interior del refugio.

—Fisgón, ¿qué pasa? —preguntó Única, aún algo adormilada—. ¿Es tarde?

—El sol está ya muy alto. Todos estábamos esperándote.

Única se incorporó. Entonces se dio cuenta de que aún sujetaba con fuerza su talismán de la suerte, una flautilla de caña que siempre había llevado colgada al cuello, hasta donde ella podía recordar. La soltó y se apresuró a seguir gateando al gnomo, que ya brincaba hacia la salida.

Única vivía en un agujero al pie del que, según ella, era el árbol más grande de Bosque-Verde. Claro que ella no había recorrido Bosque-Verde todo entero, porque era inmenso; ni conocía a nadie que lo hubiera hecho.

Pero, de todas formas, Única necesitaba el árbol más grande de Bosque-Verde, porque ella misma era la criatura más grande de Bosque-Verde, más grande que cualquiera de los miembros de la Gente Pequeña. Los gnomos decían que Única tampoco era como la Gente Grande que vivía fuera del bosque, así que solían llamarla la Mediana. A ella no le importaba, porque siempre la habían aceptado entre ellos.

Única parpadeó cuando el sol primaveral le dio en plena cara. Una criatura alada revoloteó hasta ella.

—¡Buenos días, Única! —dijo con voz musical—. Hemos tenido que venir a buscarte, y Cascarrabias está muy enfadado.

—Buenos días, Liviana —saludó Única.

El hada se posó con elegancia sobre una flor, batiendo sus

delicadas alas, que desprendían un suave polvillo dorado.

Única salió al aire libre y se puso en pie, escuchando el canto del viento entre los árboles. Bosque-Verde relucía aquella mañana con un brillo salvaje y magnífico, como una esmeralda de múltiples caras. Aspiró la fresca brisa que mecía sus cabellos rubios y se dispuso a seguir al hada y al gnomo, que ya se alejaban entre los árboles.

No le costó mucho trabajo alcanzarlos, porque era bastante más grande que ellos. Liviana medía unos diez centímetros de estatura, lo cual no estaba mal para su raza. Fisgón alcanzaba los quince; y Cascarrabias, el duende, llegaba a los treinta. Pero Única los superaba a todos: medía nada menos que un metro.

Los gnomos, raza inquieta y viajera, habían recorrido mucho mundo. Algunos de los de Bosque-Verde incluso habían vivido en casas humanas. Fisgón decía que los humanos eran más grandes que Única, y que los únicos Medianos que conocían los gnomos eran los barbudos enanos de la Cordillera Gris.

Pero Única tampoco se parecía a ellos.

Era delgada, de brazos largos y grandes ojos violetas. Su piel era de un pálido color azulado, y su cabello era rubio, fino y lacio, y le caía sobre los hombros enmarcándole el rostro.

Única era diferente a todos los habitantes de Bosque-Verde. Los duendes la habían encontrado cuando ella era muy niña, sola, y la criaron hasta que fue demasiado grande como para caber en sus casas. La Abuela Duende le había dicho, mirándola fijamente:

—Tú no eres de aquí, niña.

La Abuela Duende sabía mucho, y los duendes decían que incluso sabía más que los gnomos (esto no les hacía mucha gracia a los gnomos, pero no se enfadaban por ello; todo el mundo quería y respetaba a la Abuela Duende). Única había buscado sus orígenes en las diferentes razas de Bosque-Verde, pero no había tenido suerte. No se parecía ni a los duendes, ni a las hadas, ni a los gnomos, ni a las dríades, ni a los geniecillos de los árboles, ni a las náyades, ni a las asrai, ni a los uldras, ni a los tánganos, y mucho menos a los terribles habitantes de la noche: los trolls y los trasgos.

Única había abandonado su búsqueda mucho tiempo atrás.

—¿Qué te pasa, Única? —le preguntó Liviana al verla cabizbaja y meditabunda—. Te veo triste.

—Hoy he tenido un sueño —explicó Única—. He soñado con gente que vivía en una isla de color blanco en medio del mar.

Fisgón abría la marcha, pero tenía un oído muy fino y enseguida se volvió para preguntar:

—¿Y eran como tú?

—No del todo. Tenían alas.

—Entonces has soñado con las hadas —dedujo Liviana.

—Pero no eran alas como las tuyas. Eran alas de pájaro, con plumas blancas. Además, tenían la piel pálida.

—En cualquier caso —añadió el gnomo, saltando por entre las plantas—, tú no puedes venir de una isla, porque no hay mar en Bosque-Verde.

—¿Qué es el mar? —preguntó Liviana.

—Es...uh...como un lago muy grande, inmenso, tan enorme que no se ve la otra orilla.

Fisgón sabía muchas cosas porque, aunque nunca había salido de Bosque-Verde, pertenecía a una familia de famosos viajeros.

—Y, si tus parientes están en esa isla —razonó Liviana—, ¿por qué estás tú aquí, y por qué no tienes alas?

—Pasó algo —fue lo único que pudo decir Única.

—¿El qué? —quiso saber Fisgón.

Única frunció el ceño, haciendo memoria: un trueno, rojo sobre blanco... después, sacudió la cabeza desalentada. No recordaba más.

Los tres llegaban en aquel momento a un claro donde

los esperaba, con cara de pocos amigos, una criatura rechoncha y de gran nariz. A la vista estaba que se encontraba de muy mal humor aquella mañana; sus ojillos negros echaban chispas por debajo de los cabellos oscuros que se escapaban del gorro.

—¡Hemos perdido media mañana! —chilló—. Ya no podemos ir de excursión al manantial; se nos echará la noche encima, y nos sorprenderán los trolls y los trasgos...

—Lo siento, Cascarrabias —murmuró Única humildemente—. Me he dormido.

Cascarrabias era incapaz de estar enfadado con Única durante mucho tiempo (y eso que los duendes tienen muy malas pulgas), porque se habían criado juntos, y él la quería como a una hermana pequeña. Así que no gruñó más.

—Única ha tenido una pesadilla —explicó Liviana.

Cascarrabias miró a Única, y después a Fisgón.

—Única casi nunca tiene pesadillas —dijo, y miró al gnomo amenazadoramente—. ¡Seguro que ha sido culpa tuya, Fisgón! Tú nos llevaste ayer cerca del terrible lugar donde no cantan los pájaros.

Liviana se estremeció, pero Fisgón no parecía asustado.

—¡Quiero saber qué hay en esa zona del bosque! —se defendió—. Si por lo menos me hubieras dejado acercarme un poquito más... ¡eh, tengo una idea! Como ya no tenemos tiempo para ir al manantial, podríamos explorarla...

—¡Ni hablar! —estalló Cascarrabias.

—Sabéis, creo que Fisgón tiene razón —intervino Única—. No me gusta la idea de que haya un sitio donde no canten los pájaros... pero no es la primera vez que nos acercamos... y siempre que lo hemos hecho he tenido el mismo sueño.

—¡Ajá! —exclamó Fisgón antes de que Cascarrabias abriera la boca—. ¿Lo ves? ¡Quizá ese lugar esté encantado! ¡Quizá Única proceda de allí! ¡Quizá...!

—¡Cierra la boca!

—¡Ooh, vamos a verlo, vamos a verlo, vamos a verlooo!

Una dulcísima música interrumpió (para alivio de Cascarrabias) el nervioso parloteo del gnomo.

Era Única, que tocaba con su flauta una de tantas melodías que ella había inventado.

La música ascendió entre los troncos de los árboles y se perdió en la floresta. La música alivió los corazones de todos y se llevó los malos pensamientos. La música los envolvió a los cuatro y los acunó con ternura, como una madre mece a sus hijos.

Cuando Única dejó de tocar se produjo un breve silencio. Entonces Fisgón dijo en voz baja:

—¿Qué puede pasarnos? Los trasgos duermen de día, y los trolls se convierten en piedra si los toca la luz del sol.

—Yo quiero ir a ver —dijo entonces Única.

Cascarrabias miró a Liviana, pero ella se encogió de hombros.

—Está bien —dijo por fin.

Fisgón dio un formidable brinco.

Poco después, los cuatro caminaban a través del bosque. Única tarareaba una canción sin palabras, y Cascarrabias se entretenía cogiendo bayas y frutos para la comida.

—Debemos de estar ya cerca —anunció el gnomo, que iba delante.

Liviana jugaba con una mariposa que quería demostrarle que volaba más rápido que ella.

—No falta mucho, ¿verdad? —preguntó Cascarrabias alcanzándolos sudoroso, arrastrando un saco lleno de bayas.

Única negó con la cabeza, sin dejar de cantar. El duende hizo un alto; dejó el saco en el suelo y se pasó su mano de cuatro dedos por la frente. Entonces reparó en algo.

—¿Dónde se ha metido Fisgón?

Liviana dejó en paz a la mariposa.

—Estaba aquí hace un momento.

—¡¡Fisgóóóón!! —gritó Cascarrabias, y su voz grave resonó por entre los árboles; pero se calló enseguida, intimidado.

—No se oye nada —hizo notar Única, estremeciéndose—. Esto no me gusta.

Ninguno de los tres habló; Única habría asegurado que no oía ni los latidos de su corazón, y eso que estaba convencida de que palpitaba con fuerza.

De pronto hubo un movimiento entre el follaje... y apareció el gnomo, triunfante.

—¡Oh, amigos, esto es increíble! —empezó rápidamente, antes de que Cascarrabias tuviera tiempo de reñirle—. ¿Cómo no hemos venido antes por aquí? ¡Hay una ciudad, una ciudad grande, de casas grandes...!

—¿Una ciudad humana? —preguntó Liviana, temblando.

—¡Yo me voy! —declaró el duende, dando media vuelta.

—¡No, espera! —Fisgón lo agarró por el cuello—. No es una ciudad humana: es una ciudad de Medianos.

—¡Medianos! —repitió Liviana, a la par que Única ahogaba un grito—. ¿La gente de Única? ¿Hemos encontrado a la gente de Única?

—Eh... no exactamente...

Pero Única ya corría entre los arbustos.

—¡Espera, Única! —la llamó Fisgón.

Ella no escuchaba. Corría hacia la ciudad de los Medianos mientras su vestido de hojas secas se enredaba con las ramas del follaje, y su flautilla saltaba rítmicamente sobre su pecho.

Entonces, en su precipitación, no se dio cuenta de que el suelo se inclinaba bajo sus pies descalzos, y resbaló por un talud cubierto de musgo. Rodó y rodó, hasta que dio con sus huesos en un colchón de mullida hierba.

Se incorporó como pudo, algo dolorida. Se colocó bien la corona de flores que llevaba en el pelo y comprobó que no tenía ninguna herida.

Entonces miró hacia adelante y el corazón le dio un brinco.

La Ciudad de los Medianos.

Los edificios estaban hechos de un material que Única no había visto nunca. Los tonos de las casas eran blancos y azules, y por eso a Única le resultó, con todo, una ciudad completamente diferente a las que había visto hasta entonces.

—Ondas —murmuró para sí misma.

Sí; los edificios apenas tenían líneas rectas, sino suaves curvas. Arcos, cúpulas, bóvedas y paredes ligeramente abombadas.

—¿Cómo puede una ciudad ser tan diferente de Bosque-Verde y, sin embargo, encajar tan bien en él? —se preguntó Única, perpleja.

Se levantó con presteza y caminó hacia las construcciones azules y blancas. Sentía cierta sensación de familiaridad hacia ellas, una sensación que había aparecido nada más ver las suaves cúpulas.

—Estoy en casa —dijo, al advertir que las puertas eran de su tamaño.

Corrió hacia la ciudad, pero se detuvo a pocos metros de las primeras casas.

El silencio.

Única aferró con fuerza su flauta al darse cuenta de lo que pasaba allí: era una ciudad abandonada. No había absolutamente nadie.

Observando con atención, pudo darse cuenta de que la vegetación había invadido la ciudad; las enredaderas trepaban por las blancas paredes, algunas ya resquebrajadas. Allá un arco se había derrumbado, aquí una bóveda amenazaba ruina...

La población parecía una tumba.

Única inspiró profundamente.

—¡¡¿A dónde habéis ido?!! —chilló con todas sus

fuerzas—. ¡¡¿Dónde estáis?!!

Nada ni nadie le respondió. Única se llevó la flauta a los labios, pero su música parecía sonar más débil que nunca... Echó a correr entre las casas; tenía la extraña sensación de que huía de algo, pero no sabía de qué.

Sus amigos la encontraron horas más tarde acurrucada bajo una cúpula semiderruida, tocando suavemente la flauta.

—¿Es ésta tu casa? —preguntó Liviana suavemente.

—No parece una isla —comentó Fisgón, y Cascarrabias le dio un codazo para que cerrara la boca.

—Era mi casa —respondió Única—. Ahora ya no lo es. —Miró a su alrededor con cierto miedo—. Este lugar está maldito.

Cascarrabias se sentó junto a ella.

—Es extraño que no quede nadie —comentó—. Las ciudades no se abandonan así como así. ¿Qué pasó? ¿A dónde han ido todos?

—No lo sé. Escuchad... no seré yo la última, ¿verdad?

Nadie dijo nada durante un momento. No sabían qué responder. Quizá los duendes la habían llamado Única porque ella era la última de su pueblo, la única que quedaba de la raza de los Medianos de piel azul.

—No lo creo —respondió finalmente Cascarrabias,

tratando de parecer convencido—. Habrá más poblaciones como ésta, en alguna parte.

Echó un vistazo al cielo, que empezaba a ponerse oscuro.

—La hora de los trasgos —murmuró—. Tenemos que volver a casa, Única. Podemos venir aquí otro día.

—¿Dónde está Fisgón? —preguntó entonces Liviana.

—¡Ese condenado gnomo! —gruñó Cascarrabias, al comprobar que se había esfumado—. ¡Estoy cansado de ir detrás de él!

—Pero es un gnomo, Cascarrabias —dijo el hada—. No puede reprimir su curiosidad.

—¿No ha oído nunca el viejo dicho "La curiosidad mató al gnomo"? ¡Debemos irnos ya!

Única mordisqueaba distraída un fruto que había sacado del bolsón de Cascarrabias. Liviana se acercó a ella.

—¿Qué vas a hacer, Única? —le preguntó, mientras Cascarrabias se desgañitaba llamando al gnomo.

—Le preguntaré a la Abuela Duende —respondió ella con sencillez.

Cogió la flautilla para tocar una suave melodía; pero algo no funcionó, porque el instrumento no emitió ningún sonido. Probó otra vez: la flauta seguía muda.

—Tal vez esté atascada por dentro —dijo Liviana al ver

su apuro.

Única iba a responder cuando apareció Cascarrabias arrastrando tras de sí a Fisgón, a quien había agarrado por una de sus puntiagudas orejas.

—¡Los gnomos no maduran nunca! —se quejaba el duende—. ¡Tengo que cuidar de ti como si fueses un bebé!

—¡Suéltame, suéltame! ¡He encontrado algo muy interesante!

—¿Qué? —preguntó Única, impaciente.

Fisgón consiguió soltarse y se frotó la oreja dolorida, refunfuñando por lo bajo. Después, muy dignamente, se ajustó el sombrero y se dirigió a Única y Liviana, ignorando al duende:

—Hermosas damas, os comunico que del poblado sale un camino de tierra blanca que parece haber sido hecho por los Medianos que vivían aquí.

—¡Un camino! —exclamó Liviana, excitada—. ¿Y a dónde lleva?

—Iba a averiguarlo cuando este bruto me lo impidió —replicó Fisgón, lanzando una mirada irritada a Cascarrabias.

—¡Quizá comunique con otra ciudad! —apuntó Liviana, muy nerviosa.

—Es extraño que nadie supiera de este lugar —comentó Cascarrabias.

—Es el lugar donde no cantan los pájaros —le recordó Liviana.

—Preguntaremos a la Abuela Duende —zanjó Única con una sonrisa.

La noche caía ya, y los cuatro emprendieron la vuelta a casa.

La Abuela Duende era, posiblemente, el ser más anciano de todo Bosque-Verde. Ya no le quedaban cabellos, y sus ojillos negros como botones apenas se le veían en el rostro apergaminado y arrugado como una pasa. Pero la Abuela Duende era muy sabia, aunque a veces decía cosas extrañas. Por las noches se sentaba al pie del olmo donde vivía y era entonces cuando, bajo la luz de las estrellas, la Gente Pequeña acudía a pedirle consejo o a escuchar historias.

Aquella noche, Única y sus amigos se reunieron una vez más en torno a ella, en esta ocasión para preguntarle por la ciudad de la Gente Mediana.

La Abuela Duende dijo, después de un largo silencio:

—Llegaron de muy lejos, de fuera de Bosque-Verde. Ni siquiera yo recuerdo cuándo fue eso. Eran gente como Única y, aunque algunos gnomos se acercaban a ellos para escuchar desde lejos su maravillosa música, la mayoría de los Pequeños les tenían miedo a causa de su tamaño.

—¿Cómo puede ser que nadie los recuerde? —preguntó Cascarrabias.

—Porque la Gente Pequeña vive poco tiempo, y Única crece despacio. Las hadas son caprichosas y olvidan fácilmente. Además, cuando ellos se fueron... ni los pájaros querían acercarse a la ciudad que dejaron atrás.

—¿Y a dónde fueron? —quiso saber Única.

—Nadie lo sabe. Un día desaparecieron sin dejar ni rastro. Tampoco sabemos por qué Única no se fue con ellos.

La Mediana bajó la cabeza, entristecida.

—Quizá se fueron por donde habían venido —sugirió la Abuela Duende.

—¿Y por dónde vinieron?

—Por el Camino, por supuesto. Todo el mundo sabe que los Medianos hicieron el Camino, y el Camino trajo a los Medianos.

La Abuela Duende no dijo más.

Pocos días después, Única partía, con poco equipaje porque en Bosque-Verde no se necesita poseer gran cosa, en busca de los suyos siguiendo el Camino. El inquieto gnomo Fisgón no pudo resistir la llamada de la aventura y se ofreció a acompañarla; y Cascarrabias y Liviana tampoco quisieron abandonarla.

La Gente Pequeña se reunió para despedir a Única. La

echarían de menos, pero todos habían sabido siempre que tarde o temprano se marcharía.

Fue así como Única, la Mediana de Bosque-Verde, dio la espalda a su casa, el árbol más grande de todos, y a la Gente Pequeña que le deseaba suerte y, acompañada por un duende, un hada y un gnomo, echó a andar por el Camino de los Medianos que la llevaría, sin saberlo ella, muy lejos del lugar donde se había criado y que ahora abandonaba en busca de su gente.

Capítulo II

La Cordillera gris

Más allá de la tercera fila de árboles no había más Bosque-Verde. Cascarrabias no se atrevía a dar un solo paso. Única, sin embargo, se alejaba siguiendo el Camino, y Fisgón la seguía trotando alegremente.

Liviana también titubeaba. Había sido divertido mientras los rodeaban árboles y vegetación; incluso las noches, esquivando a los trolls y los trasgos, habían sido emocionantes. Pero el lugar de las hadas es el bosque, y Liviana nunca había salido a campo abierto.

—¡Úúúnicaaaa! —la llamó, temblando.

—¡Vamos, Liviana! —le llegó la voz de su amiga—. ¿Qué te pasa? ¡Cualquiera diría que eres una asrai!

Liviana se enfadó. Todo el mundo sabe que las pequeñas asrai son hadas tan delicadas que cuando las capturan o las exponen mucho al sol se derriten y se transforman en pequeños charquillos de agua. Y a Liviana no le gustaba que la comparasen con ellas.

—¡Claro que no! —chilló, y voló rápidamente tras sus amigos.

Atrás quedó Cascarrabias, agarrado al tronco de un árbol. Sus cortas piernas temblaban como flanes, y le castañeteaban los dientes.

—¡Cascarrabias! —lo llamó Única desde lejos.

El duende respiró hondo.

—No puedo dejar a la pequeña sola —se dijo—. Le prometí a la Abuela Duende que cuidaría de ella.

Se soltó del árbol y echó a correr para alcanzarlos.

Se habían detenido justo en el límite del bosque. Fisgón tenía la nariz metida en un viejo mapa gnomo que había encontrado entre sus trastos.

—Veamos... —estaba diciendo cuando Cascarrabias llegó jadeante—. Si mis cálculos no fallan...

—¡Tonto! —lo riñó Liviana que, suspendida en el aire frente a él, batía sus alas con fuerza—. ¡Lo tienes cogido del revés!

—¡Ah, sí! ¡Je, je! ¡Es verdad! —Fisgón, rojo como un tomate, dio la vuelta al mapa—. En fin, como iba diciendo, estamos eeen...

—La Cordillera Gris —concluyó Única.

—¡Exacto! —Fisgón levantó la vista del mapa, sorprendido—. ¿Cómo...?

Apoyada en el tronco del último árbol, Única contemplaba el horizonte. La sombra de un gigantesco macizo se recortaba contra el cielo frente a ellos, cerrándoles el paso.

—¡Por todos los Ancestros Duendes! —exclamó Cascarrabias—. ¡Espero que no tengamos que cruzarla!

—El Camino va directamente hacia ella —observó Única, echando a andar.

Sus amigos se miraron unos a otros.

—Está bien —gruñó Cascarrabias.

Fisgón, con un grito de júbilo y agitando su sombrero en el aire, corrió hacia Única, seguido del hada y el duende.

El singular grupo avanzó pues, siguiendo el Camino, siempre siguiendo el Camino. Al caer la noche llegaron al pie de la Cordillera Gris. Una chispa de la magia de Liviana sirvió para encender una cálida y acogedora hoguera al abrigo de los grandes bloques de piedra.

—Es tan inmenso —musitó el duende, observando el cielo nocturno—. Mirad cuántas estrellas hay. Da miedo no sentir un techo de verdes hojas sobre la cabeza.

Liviana asintió, sobrecogida. Única tocaba suavemente su flauta.

Fisgón bostezó ruidosamente.

—No sé vosotros, queridos compañeros, pero yo tengo mucho sueño y me voy a dormir.

Se acurrucó junto a la sombra de una enorme roca, se hizo un ovillo y poco después, sus amigos comenzaron a oír una serie de suaves ronquidos.

Única se estiró, sonriendo, y se echó sobre la fría roca, añorando su cama de verdes hojas. Se envolvió en su capa y enseguida se quedó dormida, y Liviana con ella.

Cascarrabias quedó despierto bajo la inmensa bóveda nocturna, observando el fuego, pensativo. Dejó que fuera apagándose poco a poco y, cuando sólo quedaron unas brasas, se dispuso a dormir.

Lo puso en guardia, sin embargo, el sonido de unos golpes que venían de la Cordillera. Se levantó de un salto, y escudriñó con desconfianza las sombras de los agudos picachos. Los golpes seguían oyéndose, resonando de roca en roca y reproducidos por el eco. Pronto se oyeron más golpes, procedentes de distintos lugares de las montañas. Cascarrabias miraba a un lado y a otro y al fin distinguió, en la oscuridad, pequeñas luces rojas que brillaban entre las rocas, muy lejos, en las laderas de la Cordillera.

Cascarrabias no sabía si despertar a sus compañeros. Las luces y los golpes parecían venir de lejos, y tal vez no fueran peligrosos. Pero... ¿y si lo fueran?

Cascarrabias decidió permanecer despierto, para vigilar.

Lo despertaron a la mañana siguiente las sacudidas de

Fisgón:

—¡Arriba, duende dormilón! ¡Hoy tenemos mucho que hacer!

Cascarrabias se levantó confuso, parpadeando. Única recogía las pocas cosas que los cuatro amigos llevaban en sus bolsas.

—¿Dónde está Liviana? —preguntó el duende rápidamente.

—La hemos mandado de avanzadilla, para ver por dónde sigue el Camino —explicó Fisgón—, porque no parece que podamos cruzar la Cordillera por aquí.

Cascarrabias seguía confundido.

—Pero las luces... y los golpes...

Fisgón lo miraba con curiosidad.

—¿Luces y golpes, has dicho? Qué sueño tan curioso, el tuyo.

—¿Sueño? —Cascarrabias se rascó la cabeza—. Pero no fue un sueño.

—Ya, eso es lo que dicen todos —suspiró el gnomo.

Cascarrabias iba a replicar, cuando llegó Liviana volando y se posó sobre una roca, jadeante.

—¡Escuchad, tenemos un problema! ¡Más allá...!

—¿Qué? —preguntó Cascarrabias, preparándose para pelear contra lo que fuera.

—¡...ya no hay más Camino!

—¿Qué quieres decir? —preguntó Única, muy pálida.

Liviana los guió hasta el lugar donde el Camino se cortaba. Una enorme pared de granito les impedía el paso; los cuatro amigos de Bosque-Verde se quedaron contemplándola con desaliento.

—¿Y ahora qué? —dijo Cascarrabias.

—¡Ya sé lo que pasó! —exclamó Fisgón—. ¡La montaña cayó encima de los Medianos y los aplastó!

—¡No digas tonterías! —Liviana le dio un coscorrón al gnomo—. ¡Las montañas no caen del cielo!

—¿Ah, no? —Fisgón parecía extrañado—. Entonces, ¿cómo nacen?

—Pues del suelo, como los árboles —replicó Liviana, muy digna—. Es que pareces tonto.

Cascarrabias corrió hacia la pared rocosa.

—Única, ¿qué haces? —gritó.

La Mediana intentaba escalar la roca, agarrándose como podía con sus largos y finos dedos.

—¡Seguro que el Camino sigue por el otro lado! —replicó desde arriba.

—¡Gran idea! —chilló Fisgón; y corrió hacia la pared para seguir a Única.

Cascarrabias lo agarró cuando pasaba por su lado.

—¿A dónde crees que vas tú? —lo regañó.

Pero Fisgón se zafó fácilmente. En su ímpetu, chocó contra el muro; se rehizo rápidamente y se agarró al primer saliente que encontró, para trepar por la roca.

—¡Eh! —protestó al ver que el saliente cedía—. ¡Esto no...!

Un profundo gemido que parecía salir de las entrañas de la tierra asustó al gnomo, que dio un salto hacia atrás, apartándose de la piedra gris.

—¿¡Qué pasa!? —preguntó Única desde su atalaya—. ¿Por qué no...?

Se interrumpió cuando la roca empezó a temblar.

—¡Eeeh...! ¡Esto se mueve!

—¡Baja de ahí! —gritó Cascarrabias.

Pero ella no podía moverse; la montaña seguía temblando y gimiendo con tal estruendo que Liviana se tapó los oídos.

—¡Socorro! —chilló Única.

—Ahí va... —dijo Fisgón—. La montaña se ha enfadado.

—¡Salta, Única! ¡Yo te cojo!

Única miró hacia abajo y vio que Cascarrabias abría los brazos. No era una perspectiva muy segura, pero una nueva sacudida de la piedra la hizo soltarse de su asidero y caer... justo encima del duende. La Mediana no pesaba mucho, pero era considerablemente más grande que él. En cuanto pudo, se levantó para comprobar que su amigo estaba bien.

—¡Eh, mirad! —chilló entonces Fisgón—. ¿Habéis visto alguna vez una montaña con la boca abierta?

Cascarrabias se levantó, frotándose las zonas magulladas, y miró a la pared... o mejor dicho, al lugar donde había estado la pared.

Una gigantesca cueva (gigantesca para la Gente Pequeña, claro está; apenas era mucho más grande que Única) se abría en la base de la montaña.

Y el Camino se adentraba en ella.

—No pensarás entrar ahí dentro, ¿verdad? —preguntó Liviana, al ver que Única miraba fijamente el oscuro corredor.

—¿Y qué otra cosa puedo hacer? —replicó ella.

—Pero... ¡estaremos rodeados de piedra por todas partes, sin ver la luz del sol!

Única se volvió hacia ella.

—Yo tengo que continuar, Liviana —dijo muy seria—. Tú no tienes que seguirme si no quieres; al fin y al cabo, es mi búsqueda.

Liviana sabía que Fisgón y Cascarrabias no se echarían

atrás allí.

—Necesitaremos tu luz —le dijo Cascarrabias.

El hada miró primero al duende, luego a Única y finalmente a Fisgón. Levantó la cabeza y voló directamente hacia el túnel. La oscuridad se la tragó, pero los tres amigos pudieron ver enseguida una débil lucecilla más adelante: las hadas tienen el poder de encenderse como si fueran luciérnagas.

—¡Estupendo! —Única cogió sus cosas y la siguió, brincando sobre la arena blanca.

El viaje en la oscuridad fue peor de lo que imaginaban. Pronto perdieron de vista la luz del día, pero intentaban no pensar en ello, y fijarse sólo en Liviana, que abría la marcha. La pobre no podía mantenerse tanto rato encendida, y de vez en cuando se paraban para descansar, momentos que ella aprovechaba para recuperar energías. Pasados unos minutos, la luz de Liviana volvía a brillar, y los cuatro amigos seguían su camino.

Así transcurrieron varias horas. De vez en cuando, Fisgón preguntaba:

—¿Es de noche ya?

—¿Cómo voy a saberlo? —gruñía Cascarrabias—. Aquí dentro siempre está oscuro.

Sin embargo, en uno de los descansos, Fisgón volvió a

romper el silencio para decir, asombrado:

—¡Ahí va! Me he acostumbrado a estar a oscuras. Ahora os veo a todos perfectamente, y eso que Liviana no brilla.

—Eso es porque hay luz —dijo Cascarrabias, y echó a andar hacia el débil resplandor que se veía al fondo del túnel.

—Pero no puede ser que ya hayamos llegado al otro lado —objetó Única—. ¡Fijaos! El Camino no sigue por ahí.

Cascarrabias se detuvo. Era cierto, el túnel se bifurcaba. Una de las ramas llevaba directamente a la luz; pero la otra, la que seguía el Camino, torcía a la derecha y se perdía en la oscuridad.

—¡Bueno! —exclamó Fisgón—. Y ahora, ¿qué hacemos?

—Creo que Liviana no tiene fuerzas para iluminarnos más —opinó Cascarrabias, después de echar un vistazo al hada.

—Pero podríamos perder el Camino —dijo Única, con un suspiro.

—¡No te preocupes por eso! —saltó Fisgón alegremente—. ¡Yo puedo traerte de vuelta en un santiamén!

Única y Cascarrabias cruzaron una mirada horrorizada.

Nunca te puedes fiar del sentido de la orientación de un gnomo, porque se distrae con mil cosas y al final no recuerda ni qué estaba buscando.

—No creo que... —empezó Cascarrabias, pero era demasiado tarde: Fisgón ya trotaba hacia la luz.

—Oh, no —suspiró Liviana y, resignada, lo siguió volando para no perderlo de vista.

—Creo que Fisgón ya ha decidido por todos nosotros —gruñó Cascarrabias, y se dispuso a seguirlo, cuando de pronto volvieron a sonar por el túnel los golpes que había oído la noche anterior; pero esta vez, mucho más nítidos y claros... y mucho, mucho más cercanos.

El duende se aferró con fuerza a Única.

—¿Has oído eso? ¡Es lo que oí anoche! ¡Y viene del final del túnel!

Única asintió, con los ojos muy abiertos.

—No podemos dejar solos a Fisgón y Liviana —decidió—. ¿Y si están en peligro?

Cascarrabias iba a decir algo, pero Única ya corría hacia la luz. Se había olvidado del Camino. El duende la siguió.

El túnel torció un par de veces y siguió adelante, mientras los golpes se oían cada vez con más claridad. De pronto, el sonido cesó. Oyeron una exclamación de sorpresa de Fisgón, y una voz femenina muy grave un poco más allá.

—Oh, no —suspiraba la voz—. Un gnomo. Se cuelan por todas partes. Ni dentro de la Cordillera puede una trabajar tranquila.

Cascarrabias y Única avanzaron con precaución hasta llegar a una amplia cueva donde ardía un potente fuego que iluminaba una serie de objetos extraños. Fisgón y Liviana se habían detenido en el umbral de la sala; el gnomo se volvió hacia los recién llegados.

—¡Mira, Única! —dijo—. ¡Un Mediano, como tú!

Única contuvo un grito. No era un Mediano, sino una Mediana; pero era diferente a ella. Era rechoncha y robusta, de cabellos grises y rostro marcado por profundas arrugas. Y su piel no era azul, sino del tono de la piedra que la rodeaba. Llevaba una falda por los tobillos y un chal descolorido sobre los hombros.

—¿Quién eres tú? —le preguntó a Única la dueña de la cueva—. Traes amigos muy variopintos. Criaturas de Bosque-Verde, sin duda. Lo sé por el color de sus pieles. Pero tú no eres como ellos.

Ninguno de los cuatro había visto nunca a nadie como ella, y no se atrevieron a avanzar más. La miraban sorprendidos, con la aboca abierta, sin saber si debían acercarse o salir corriendo.

—Bueno, en fin, dejad que me presente —dijo finalmente la Mediana de piel gris—: me llamo Maza. Bienvenidos al Reino de los Enanos.

Los cuatro entraron en la caverna, ya más tranquilos. Los enanos suelen ser rudos y poco habladores, pero hospitalarios. O al menos eso contaban los gnomos más viajeros en Bosque-Verde.

Única le contó a Maza quién era y qué había venido a buscar. Ella tenía su forja junto al Camino, pero no recordaba haber visto pasar a la gente de Única por allí; dentro de la Cordillera, les dijo, sólo vivían enanos, porque ninguna otra criatura resistía mucho tiempo sin ver la luz del sol.

Les enseñó su taller. Maza tenía una herrería, como gran parte de los enanos de la Cordillera; el resto eran Mineros, Joyeros o Comerciantes.

—Yo fabrico armas y herramientas —les explicó, y les mostró varios artilugios de un material que los de Bosque-Verde no habían visto nunca: gris, duro, frío y brillante.

—¡Metal! —exclamó Fisgón, sorprendido, recordando las historias de su abuelo Trotamundos, el gnomo más viajero de la familia.

—¿Para qué sirve? —preguntó Única, manoseando un instrumento muy largo y puntiagudo—. ¡Ay! —gritó—. Me he cortado...

—Para eso sirve —replicó Maza, quitándole el objeto— , así que ten más cuidado la próxima vez.

—¿Sirve para cortar a la gente? —gruñó Cascarrabias.

—Es una espada. Los del Valle pagan bien por ellas —dijo la enana, encogiéndose de hombros mientras aplicaba un vendaje a la herida de Única—. Aunque probablemente —añadió viendo cómo Liviana observaba la espada con repugnancia—, a vosotros os gustaría más visitar el taller de un Enano Joyero.

Única no sabía qué era un Enano Joyero, y le preguntó a Maza si tenía algo que ver con su gente, o con el Camino. La enana soltó una carcajada.

—El único que podría saber algo de tu gente es el Sabio Venerable —dijo—. Si quieres, podemos ir a verle.

Como ella respondió afirmativamente, Maza se llevó a los extranjeros (antes de que el gnomo, que todo lo tocaba, revolviera más en su forja) a través de un túnel larguísimo, dejando atrás el taller... y el Camino.

En el silencio, Cascarrabias pudo comprobar que se oían más golpes por todos los túneles. Maza le explicó que, por las noches, los Enanos Mineros golpean la roca para extraer de ella el metal y las gemas; los Enanos Herreros trabajan en sus forjas golpeando con los martillos el metal caliente, para darle forma; y los Enanos Joyeros golpean las gemas para tallarlas y hacer de ellas bellas piedras de múltiples colores.

A Liviana le gustó lo de las gemas; dentro de la Cordillera todo parecía ser gris y, a la larga, resultaba un poco deprimente.

La comitiva se detuvo frente a una cueva cerrada por una sólida puerta de madera. Maza llamó con energía.

—¿Quién osa interrumpir mi estudio? —preguntó una voz desde el interior.

Maza carraspeó.

—Venerable, un grupo de... ejem... criaturas de Bosque-Verde desearía hablar contigo.

Hubo un silencio. Después, se oyeron unos pasos y la puerta se abrió con un crujido; tras ella apareció un enano algo más pequeño y delgado que los demás, con una larga barba gris y unos curiosos cristales encima de la nariz Única supo más tarde que se llamaban "anteojos" y servían para ver mejor. El Venerable observó a los visitantes, con aspecto de estar de muy mal humor. Entonces, sus ojos se posaron en Única.

—Vaya, vaya —murmuró, ajustándose los anteojos—. ¿Qué haces tú aquí? ¿Te has perdido?

Los hizo pasar a su estudio; no era una herrería, ni tampoco un taller de joyas. El Venerable era el enano más raro de la Cordillera, porque tampoco trabajaba en las minas ni comerciaba con la Gente Grande. El Venerable estudiaba en los libros y pergaminos, y sabía muchas cosas del mundo, aunque nunca había salido de la Cordillera Gris.

Por eso, también sabía cosas acerca del pueblo de Única.

—Vinieron aquí hace tiempo —explicó, estudiando un enorme libro—. Tenían una ciudad en el interior de la Cordillera. Dicen los sabios que llegaron del Exterior huyendo de una terrible amenaza que pesaba sobre ellos. Como por donde pasaban se formaba un Camino de arena blanca, sus enemigos podían encontrarlos allá donde fueran... es por eso por lo que se refugiaron aquí, pensando que, con tantas toneladas de roca protegiéndolos, ellos jamás los encontrarían.

—¿Qué pasó con ellos? —preguntó Única.

—Dicen los Anales que un día, sin decir nada, recogieron sus cosas y se marcharon. Nadie los vio partir. Simplemente, un buen día la ciudad estaba abandonada. Sólo quedaba el Camino por donde se habían marchado, y el silencio. Su música ya nunca volvió a mezclarse con el sonido de las herramientas de los talleres enanos.

—¿Y no han vuelto a pasar por aquí?

—No.

Los cuatro amigos hicieron un corrito, para deliberar. Si los Medianos no habían vuelto a aparecer por la Cordillera, era evidente que no se habían marchado por donde habían venido, como había dicho la Abuela Duende. Habían vivido con los enanos antes de ir a Bosque-Verde... ¿pero dónde habían ido después? ¿Quién los perseguía? ¿Y por qué?

—Sabéis, aunque esté viajando hacia atrás —dijo Única—, seguiré mi camino. Quizá si vuelvo al lugar de donde partieron encuentre la respuesta a todas estas preguntas.

—¿Y si te siguen esos enemigos que perseguían a tu pueblo?

—Es difícil —razonó Fisgón—, porque bajo sus pies no se forma un rastro de arena blanca.

Finalmente decidieron proseguir su camino. Agradecieron a Maza y al Venerable la ayuda prestada y, horas más tarde, después de dormir un poco, partieron de nuevo a través de los túneles, siguiendo el Camino de los Medianos.

Un par de días después llegaron a una ciudad abandonada, como la que había en Bosque-Verde, pero más antigua. Única la recorrió a la luz de un farol que los enanos le habían dado, entre otras cosas útiles. Estaba —

como la anterior— completamente desierta.

Cuando Única intentó tocar algo, las notas de su flauta volvieron a sonar débiles y temblorosas, y eso que el eco las propagaba por toda la caverna.

Fisgón llegó trotando.

—Bueno, ¿nos vamos o qué?

Única recogió su bolsa del suelo; ahora pesaba bastante más que al inicio del viaje.

Los cuatro amigos de Bosque-Verde dieron la espalda a la segunda Ciudad de los Medianos que encontraban en su ruta, y siguieron el túnel por donde discurría el Camino, a través de las entrañas de la Cordillera Gris.

Capítulo III

El Valle amarillo

Los cuatro se detuvieron parpadeando a la salida del túnel. Liviana respiró profundamente.

—¡Aire puro! —exclamó—. ¡Y sol!

Sin embargo, no se atrevió a exponerse de golpe a la clara luz del día. Al igual que sus compañeros, esperó primero a que sus ojos fueran acostumbrándose lentamente al sol que hacía varios días que no veían.

Fisgón fue el primero en abandonar la penumbra de la boca de la cueva y, saltando de roca en roca, salió a cielo abierto para ver el panorama.

—¡Eh, amigos! —llamó—. ¡Esto es verdaderamente singular! ¡Al otro lado de la Cordillera Gris hay un mar amarillo!

—¡No digas sandeces! —replicó Cascarrabias, pero se apresuró a seguir al gnomo para comprobarlo; y pronto Única y Liviana se unieron a ellos.

—¿Veis qué os decía? —insistió Fisgón, señalando el

horizonte con un amplio gesto de su mano.

Los otros se asomaron fuera de las rocas... y quedaron boquiabiertos.

Como decía Fisgón, más allá de las montañas el suelo estaba alfombrado de amarillo. El viento formaba suaves ondas que recorrían aquella extraña extensión como si, en efecto, fueran olas de un gran mar amarillo.

—Pero no es un mar —concluyó Única, después de mirarlo bien—. Fijaos: más bien parece hierba.

—¡Hierba amarilla! —dijo Fisgón—. Sigue siendo extraño, de todas formas. ¡Vamos a verlo!

Cargaron con los bultos y prosiguieron su camino, bajando la ladera de la montaña.

Pronto descubrieron que aquello era algo más que hierba amarilla. Las plantas crecían altísimas, más altas que Única, y terminaban en un pequeño remache peludo que se parecía a una flor alargada. Por suerte, el Camino abría brecha entre aquellos extraños vegetales.

Única, Cascarrabias, Fisgón y Liviana se adentraron en el campo con cierto temor.

—Y yo que creía conocer todas las plantas que existían —dijo Cascarrabias.

—Por lo menos huelen bien —comentó Única, respirando profundamente.

Al cabo de un rato su inquietud disminuyó. Además, el suave olor que despedían aquellas plantas y el susurro del viento les tranquilizaban; pronto, Única comenzó a canturrear a coro con la melodía de la alta hierba amarilla que los rodeaba. El sol brillaba muy alto y se reflejaba en su cabello rubio, arrancándole destellos dorados. Sus amigos se contagiaron enseguida de su alegría; Única se puso a tocar su flautilla, y todos empezaron a cantar.

Bailaban por el Camino al son de los gráciles movimientos de las plantas amarillas cuando Fisgón, que iba delante, se detuvo.

—¿Qué pasa? —jadeó Cascarrabias.

Frente a ellos, la arena del camino se iba haciendo cada vez más escasa, como si la tierra se la hubiera tragado; y más adelante, las altas plantas invadían lo que había sido el Camino, engulléndolo bajo sus tallos.

Única dejó caer la flauta, y la cuerdecilla la retuvo sobre su pecho.

—A ver, pensemos —dijo Cascarrabias—. ¿Por qué de pronto hay menos arena blanca? ¿Por qué esa especie de flores amarillas invaden el Camino?

Lo interrumpió la voz aguda de Única llamando al gnomo:

—¡Fisgón! ¿A dónde vas?

Cascarrabias volvió la cabeza, asaltado por una terrible sospecha.

—¡Aún queda un pequeño rastro de arena blanca! —les llegó la voz de Fisgón desde algún punto tras las altas plantas; gracias a su pequeña estatura, había podido abrirse paso entre los tallos sin problemas.

Única acogió la noticia con alegría. Cascarrabias se quedó mirando las plantas, dubitativo. Liviana, sin embargo, echó a volar hacia el lugar donde había sonado la voz de Fisgón.

Pero se detuvo en seco, con un grito: algo enorme como una montaña había surgido de entre las plantas doradas, interponiéndose en su camino.

—¡¡Un gigante!! —chilló Liviana.

También Cascarrabias y Única lo habían visto. Sin ceremonias, los tres dieron media vuelta y echaron a correr.

Si se hubieran parado para mirar atrás, se habrían dado cuenta de que el gigante no les perseguía, porque se había quedado clavado en el sitio de la sorpresa. Pero no lo hicieron. Sólo cuando estaba a una prudente distancia, a Única se le ocurrió pensar que quizá el gigante supiera algo del Camino.

Además, habían dejado atrás a Fisgón.

Única frenó en seco y se giró con cautela.

El gigante no se había movido y la miraba con la boca abierta, como si nunca en su vida hubiese visto a una Mediana de piel azul. Bueno, pensó Única observándolo con atención; bien mirado, no parecía tan gigante. Para Liviana y Fisgón lo sería, porque ellos no eran mucho más grandes que la palma de la mano de aquel ser. Para Cascarrabias probablemente también, porque no llegaría mucho más allá de la rodilla del gigante. Pero para Única, la Mediana, que medía un metro de estatura, aquella criatura no era un gigante, sino simplemente Grande.

Entonces recordó las historias que contaban los gnomos viajeros, y comprendió: estaba ante un humano.

Lo observó con atención, asombro y curiosidad. Mediría cerca de un metro sesenta de estatura. Tenía los ojos rasgados, el pelo negro y la piel de un extraño color amarillento, lo mismo que sus ropas. No tenía las orejas puntiagudas, como todos los seres que Única había conocido hasta el momento, sino curiosamente pequeñas y redondeadas, como las suyas propias.

Este descubrimiento la animó y, al ver que el Hombre Grande no hacía ningún gesto amenazante, se acercó con timidez.

—Hola —dijo sonriendo, pero aún lejos de su alcance—. Me llamo Única.

El Grande movió la cabeza con admiración; parecía que estaba tan sorprendido como ella.

—¡Vaya! Eres una extraña criatura —dijo—. ¿Dónde han ido tus amigos?

Única volvió la cabeza: ni rastro de Cascarrabias y Liviana.

—Volverán —aseguró, y después examinó de nuevo al Grande con atención—. Y tú, ¿qué eres?

—¡Un humano! —chilló una voz aguda entre las plantas amarillas.

Única sabía que era Fisgón, pero el Grande aún no lo había visto, y miró a su alrededor, desconcertado; sin embargo, no llegó a descubrirlo.

A Única le extrañaba que Fisgón siguiera escondido; el gnomo era siempre el primero en meter la nariz en todo, especialmente si constituía una novedad para él. Entonces se esforzó por recordar las cosas que la Abuela Duende y algunos gnomos decían de los humanos.

Contaban que algunos eran bondadosos; pero que otros, egoístas y crueles, atormentaban a los seres pequeños que caían en sus manos. El tío Patapalo había perdido una pierna huyendo de un enfurecido humano (claro que nunca contaba qué le había hecho al humano para que estuviera tan enfadado). El abuelo Trotamundos había viajado mucho; uno de sus viajes lo había hecho encerrado en una jaulita de madera por todo un país de humanos como atracción de feria. Afortunadamente había logrado salir bien del trance; el abuelo Trotamundos era un gnomo de recursos.

Única estudió al Grande, temerosa; pero él no parecía tener malas intenciones. Sonreía amistoso, aunque todavía algo perplejo, y no se había movido del sitio, para no asustarla.

—Vengo siguiendo el Camino de arena blanca —le explicó, señalando el suelo—. ¿Sabes tú por qué se corta aquí?

—¿El Camino de sal? —preguntó el humano—. Claro; hace muchas generaciones que mi pueblo usa la sal para la cocina. Antes, el Camino atravesaba todo el Valle, he oído decir. Ahora ya no queda mucho de él.

Única se le quedó mirando sin comprender.

—¿Sal? —repitió entonces una vocecita—. ¿Qué es sal?

Los dos se volvieron y vieron a Fisgón, que había salido de su escondite. Se había olvidado de todas sus precauciones, y Única pensó que era muy cierto aquel dicho de que la curiosidad había matado al gnomo; en cuanto veían, oían u olían algo nuevo, los gnomos no podían resistir la tentación de averiguar qué era, y se olvidaban de todo lo demás.

El Grande se sorprendió mucho al ver al gnomo, pero luego sonrió de nuevo. Entonces se agachó y, cogiendo un puñado de arena blanca, dijo:

—Esto es sal.

Sacó entonces una bolsita y comenzó a llenarla de arena blanca.

—¡Eh! —protestó Única—. ¿Qué haces?

El Grande se detuvo, sorprendido ante la reacción de la Mediana de piel azul.

—¡Es el Camino que debo seguir! —explicó Única.

—Pero se nos ha acabado la sal en casa —replicó el Grande—, y mi madre me ha pedido que coja más.

—Déjalo, Única —dijo entonces la voz de Cascarrabias a sus espaldas—. Si ya se han llevado el Camino, poco importa un poco más.

El Grande miró con asombro al duende que se acercaba por el Camino y lo observaba con desconfianza. Junto a él volaba una extraña y pequeña criatura alada; el Grande nunca había visto un hada, y su sorpresa creció todavía más.

Sin embargo, volvió a fijarse en Única, y vio que ella lo miraba con sus grandes ojos violetas abiertos de par en par.

Las cuatro pequeñas criaturas de Bosque-Verde se habían reunido ante él, y parecían tan desvalidos que el humano pensó que necesitaban que alguien les echase una mano.

—Parecéis cansados —les dijo—. Y, seguramente, tenéis hambre. Venid a la aldea; os daremos de comer. ¡Por cierto! Me llamo Yuan.

Costó un poco convencer a Cascarrabias de que podían seguir al humano. Liviana tuvo que emplear un sencillo hechizo que tenía para estos casos, que le permitía ver el corazón de la gente; y vio que Yuan era un buen hombre.

Así que Yuan el Grande los guió a través del campo dorado.

—¿Por qué la hierba crece amarilla en este Valle? —preguntó Liviana.

—No es hierba —rió Yuan—. Y no crece sola: la plantamos.

A excepción del gnomo, ninguno de ellos había oído hablar de la agricultura. Yuan les contó que la Gente Grande cultivaba aquellas plantas, que ellos llamaban "cereales", y, cuando crecían, las recolectaban para hacer alimentos como el pan, las galletas, los bizcochos...

Todo el Valle estaba cubierto de distintos tipos de cereales. El campo que atravesaban era una plantación de trigo.

—El trigo crece en el Valle más alto que en ninguna otra parte —explicó Yuan, muy orgulloso—. También tenemos campos de centeno, cebada, maíz, avena... y junto al río se planta arroz.

Aquellas palabras eran desconocidas para los de Bosque-Verde.

Por fin llegaron a la aldea; una aldea de Gente Grande. Se detuvieron cuando un grupo de hombres se dirigió hacia ellos; Única y sus amigos reprimieron el impulso de salir corriendo, y se escondieron detrás de Yuan.

Pero pronto advirtieron que no había nada que temer; los Grandes de aquella aldea eran gente amable, y les acogieron con hospitalidad, una vez recuperados de la sorpresa de ver aparecer a seres tan extraños como los recién llegados. Ellos probaron el pan y las galletas, y todo lo que hacían con el trigo y el centeno. A Única le gustaron especialmente las doradas mazorcas de maíz, y Fisgón declaró que los bizcochos de la madre de Yuan eran lo más delicioso que había probado nunca.

Única les contó a los Grandes quién era y qué buscaba. Les preguntó por el Camino; pero ellos se miraron unos a otros, encogiéndose de hombros.

—Yo sé que mi pueblo pasó por aquí —insistió Única, desesperada.

—Antes de que se llevaran la arena del Camino —gruñó Cascarrabias.

—Sal —lo corrigió Fisgón.

—¿No hay en alguna parte del Valle una ciudad de Medianos? —preguntó Única—. Una ciudad de casas blancas y azules.

—No, que nosotros sepamos —dijo Yuan.

—¿Y nunca habéis oído hablar de ellos?

—No; nunca habíamos visto a nadie como tú. Eres del tamaño de los enanos de la Cordillera, pero no te pareces a ellos.

Única hundió la cabeza entre las manos, desconsolada.

—¿Nadie en vuestro pueblo recuerda a los Medianos? —preguntó Cascarrabias—. En Bosque-Verde algunos ancianos, como los gnomos más viejos o la Abuela Duende, conocen antiguas leyendas y las cuentan a los niños. ¿No tenéis nadie aquí que cuente historias?

El rostro de Yuan se iluminó con una sonrisa.

—¡Ah! —dijo—. Tú buscas un juglar.

—¿Un juglar? ¿Qué es eso?

—¡Yo lo sé! —chilló Fisgón—. El abuelo Trotamundos me habló de ellos. Son unos hombres que conocen todas las historias del mundo, y viajan de pueblo en pueblo contándoselas a los niños, ¿a que sí?

—Bueno, no *todas* las historias —reconoció el Grande—. Pero sí bastantes. Quizá un juglar sepa leyendas sobre los Medianos.

Única había recuperado la sonrisa.

—Está bien —dijo—. ¿Dónde puedo encontrar un juglar?

Yuan iba a responder, cuando un estruendo sacudió la aldea. Aunque Única y sus amigos ya habían visto caballos en el Valle, no sabían qué clase de sonido producía uno al galope; por eso buscaron rápidamente un lugar donde esconderse, mientras los Grandes salían de sus casas para ver quién era el que llegaba con tanta prisa.

Cuando el ruido de los cascos del caballo cesó, Única se atrevió a salir de debajo de la mesa, y a asomar cautelosamente la cabeza por la puerta.

Fuera, con varios hombres, había un joven junto a un caballo.

No era un hombre corriente. No tenía la piel amarilla como la gente del Valle, sino algo más oscura. Llevaba curiosas ropas y un gorro sobre la cabeza, y su cabello no era negro, sino de color castaño, lo mismo que su perilla. Además, portaba un extraño instrumento a la espalda, y era muy alto.

El recién llegado no parecía traer buenas noticias. Un

murmullo de miedo y recorrió la aldea.

—¿Qué ocurre? —le preguntó Única a Yuan cuando éste entró en la casa.

—El Señor del Valle viene hacia aquí.

—¿Y eso es malo?

Yuan les contó que, desde hacía muchos siglos, la estirpe del Señor del Valle gobernaba a los campesinos del Valle Amarillo. El trato era sencillo; ellos le entregaban todos los años parte de su cosecha para alimentar al Señor y a sus hombres a cambio de que los defendieran de los terribles habitantes de las Montañas Rojas.

Pero últimamente el Señor no se conformaba con los cereales: pedía dinero. Decía que en las Montañas Rojas preparaban un ataque al Valle, y necesitaba armas para defenderlo. Y las armas que vendían los enanos eran muy caras, y no podían pagarse con cereales; sólo una espada costaba todo un campo de avena, ¿y qué iban a hacer los enanos con tanto cereal? No, los enanos pedían oro, porque era algo que no tenían en la Cordillera, y con el oro podrían comerciar con otros países.

—Si no le pagamos antes de la noche, destruirá la aldea —concluyó Yuan.

—¡Bonita forma de proteger el Valle! —rezongó Cascarrabias.

Liviana rebuscaba en sus saquillos.

—¿Qué haces? —quiso saber Fisgón.

—Estaba pensando que, como los enanos nos dieron tantas cosas, quizá tengamos algo de valor que los Grandes puedan vender —explicó el hada.

—Te ayudo —se ofreció Fisgón.

Impulsivamente, agarró un saquillo para ver qué había dentro, pero éste se le resbaló de las manos y cayó al suelo, desparramándose su contenido por la habitación.

—¡Torpe! —lo riñó Liviana—. ¡Has tirado mis cristales de colores!

—Por todos los... —murmuró una voz desde la puerta.

Era el joven que había venido a caballo para dar la noticia de la llegada del Señor del Valle. Observaba hechizado el brillo de las piedras de Liviana. Se agachó y cogió una gema roja que había rodado hasta su bota.

—¿Qué pasa, Mattius? —preguntó Yuan.

—Esto es un rubí —dijo el recién llegado—. Vale casi tanto como el oro. Criatura, llevas una fortuna en tu bolsa. ¿Quién te la dio?

Única y Liviana cruzaron una mirada.

—¿Podría el Señor comprar armas con mis piedras? —preguntó el hada.

—Muchas —le aseguró Mattius.

—¿Y no atacaría la aldea?

—No tendría razones para hacerlo.

Liviana cogió el saquillo vacío, echó a volar y recorrió todo el cuarto recogiendo piedras; cuando la bolsa fue demasiado pesada para ella, Cascarrabias la ayudó. Entre los dos pusieron el saquillo sobre la mesa, frente a Mattius.

—Son sólo piedras de colores —dijo Liviana ante la mirada de incredulidad del humano—. Y tengo más.

Mattius le dirigió una sonrisa.

—Diamantes, esmeraldas, zafiros, rubíes... —dijo—. Muchas gracias. Has salvado la aldea.

—¡Hurra! —chilló Fisgón.

—Dadle esto al Señor —le dijo Mattius a Yuan—. Si pregunta de dónde lo habéis sacado, decid que pasó por aquí un rico mercader y se lo dejó. Que quede claro que no tenéis más, o saqueará la aldea buscando el resto.

Yuan cogió el saquillo, temblando. No sabía si reír o llorar.

—No sé cómo pagártelo —le dijo a Liviana.

—Mi amiga Única buscaba un juglar —replicó ella rápidamente.

Mattius se volvió para mirarla.

—¿Ah, sí? ¿Y para qué buscaba un juglar?

Titubeando, Única se lo explicó. Entonces Mattius sonrió.

—Vaya, hoy es tu día de suerte —dijo—. Yo soy un juglar.

Única se quedó muda de la sorpresa; pero Fisgón habló en su lugar:

—¡Oh, vaya, eso es fantástico! ¡Debes de conocer miles de historias! ¡Seguro que has viajado más que el tío Patapalo y el abuelo Trotamundos juntos!

Mattius sonrió cuando Cascarrabias lo hizo callar de un pescozón. Miró entonces a Única, que aguardaba impaciente.

—Hay una vieja leyenda —dijo el juglar— que relata el éxodo de un pueblo de piel color azul pálido a través del mundo. ¿Queréis oírla?

Única asintió enseguida. Entonces Mattius sacó el extraño instrumento con cuerdas que llevaba a la espalda y lo rasgueó.

De él sonó un tipo de música que Única no había oído nunca; pero era tan hermosa que a la Mediana se le llenó el corazón de alegría.

Y el juglar cantó:

"Un canto se eleva sobre el Valle,
oírlo hace daño al corazón:
son Medianos que pasan entre Grandes,

los ojos llenos de pena y temor.
En el Camino quedan sus hogares,
caen de sus ojos lágrimas de sal;
no se detienen ni por un instante,
huyendo adelante sin mirar atrás.
Y su música se eleva sobre el Valle,
lágrimas de sal sobre piel azul.
Y su música se pierde sobre el Valle,
mientras un suave eco se escucha aún.
Las gentes del Valle, intentando ayudarles
borraron sus huellas, el Camino de sal
para que ya nunca pudiera encontrarles
Aquel del que huían sin mirar atrás".

La voz de Mattius se extinguió. Única volvió a la realidad.

—¿Cómo sigue? —preguntó, impaciente.

—No sigue. Es todo.

Los ojos color miel del juglar tenían un brillo extraño. Única se dejó caer sobre una silla, abatida.

—Bueno, ya sabes más cosas —la animó Cascarrabias—. Los Grandes hicieron desaparecer el Camino para que los enemigos de tu pueblo no pudieran encontrarlos.

—Pero ahora tampoco los encontraré yo —gimió Única—. ¿A dónde fueron? ¿Y quién los perseguía?

Mattius la contemplaba en silencio. Entonces dijo:

—Yo sé por dónde sigue el Camino. Ven; te lo enseñaré.

Única se apresuró a seguir al juglar fuera de la casa. En la puerta, Mattius señaló hacia el este.

Una cadena de picos rojos como el fuego se abría en el horizonte, pinchando las nubes.

—Las Montañas Rojas —dijo—. Tu pueblo vino por allí. Lo sé porque he visto el Camino al otro lado del Valle.

—Espera un momento —se oyó la voz de Cascarrabias—. ¿No es ése el lugar habitado por esas criaturas de las que los Grandes quieren defenderse?

Mattius sonrió.

—Los minotauros no atacan si no se les ataca —dijo—. Créeme. Yo crucé las Montañas en una ocasión, y sigo vivo.

—¿Podrías indicarme el lugar donde viste el Camino? —pidió Única.

—Haré algo más que eso —replicó el juglar, sonriendo—. Te acompañaré.

Cascarrabias dio un respingo.

—¿Cómo? ¿Y eso por qué? —preguntó con desconfianza.

—Pues porque precisamente me dirigía hacia el reino que hay detrás de las Montañas Rojas —respondió Mattius.

Fisgón iba a preguntar qué reino era ése, pero Cascarrabias se le adelantó.

—¿Cómo sabemos que podemos fiarnos de ti?

—Porque es un buen hombre —respondió tras ellos la voz de Liviana—. Algo peculiar, pero... un buen hombre.

Única miró a Mattius, que le sonrió. A la Mediana le sorprendió comprobar que sus ojos eran ahora de color verde esmeralda; le recordó a Bosque-Verde, y eso le gustó. Le devolvió la sonrisa, se llevó la flauta a los labios y tocó.

La melodía envolvió la aldea; era la misma que había tocado el juglar con su instrumento de cuerda, la canción que hablaba del éxodo de los Medianos de pálida piel azul.

Única la reprodujo con seguridad y sin equivocarse, a pesar de que sólo la había oído una vez. Cuando terminó, Mattius guardó silencio durante un minuto y luego dijo:

—¡Caramba! Eres una verdadera hija de tu pueblo. Dicen que eran los músicos más hábiles del mundo. Dicen que fueron un pueblo de juglares.

Ella sonrió, complacida. Ya había tomado su decisión.

—Muy bien —dijo a sus amigos—. Seguiremos a

Mattius a las Montañas Rojas.

Cascarrabias refunfuñó por lo bajo, pero no la contradijo. En menos de media hora recogieron las cosas, se despidieron de Yuan y su gente y partieron.

Antes de salir de la aldea, sin embargo, Mattius se detuvo en una casa en las afueras.

—¿Qué hacemos aquí? —preguntó Cascarrabias.

—Recoger a un amigo que dejé aquí para visitar al Señor del Valle —respondió el juglar.

No había terminado de hablar cuando oyeron unos ladridos, y un magnífico animal gris salió de la casa para recibirlos.

—¡Ah! —chilló el gnomo—. ¡Un lobo!

—Es un perro —lo corrigió Mattius, acariciando al can.

—Es lo mismo —replicó Fisgón—. Sigue siendo grande, y sigue teniendo colmillos. Además, los perros y los gnomos nunca nos hemos llevado bien. ¿No te he contado lo que le pasó a mi abuelo Buscalíos? ¿Sabes por qué le llamaban "El Manco"?

—*Sirius* no hace daño a nadie a menos que yo se lo diga —dijo Mattius con energía.

Cruzó unas breves palabras con la dueña de la casa y se volvió hacia los demás.

—Ya podemos marcharnos —dijo.

Cascarrabias se lo quedó mirando.

—¿Cómo? ¿No íbamos a recoger a un amigo tuyo?

—Claro. Y ya lo hemos hecho —replicó el juglar, señalando a *Sirius*.

—¿El perro viene con nosotros? —casi gritó Cascarrabias—. ¡De ninguna manera!

Mattius empezaba a perder la paciencia.

— El perro viene conmigo —declaró—. Yo no voy a ninguna parte sin él; ya fue bastante duro para mí dejarlo aquí para ir al castillo. Vosotros, si queréis, podéis buscar a otro que os lleve hasta el Camino.

Única miró a Cascarrabias suplicante; una vez más, el duende tuvo que ceder.

Recorrieron el Valle junto a Mattius y, sobre todo para Única, fue muy agradable. Viajaban de pueblo en pueblo, y en todas partes la llegada de un juglar era bien acogida. Mattius sacaba su instrumento y, rodeado de niños y no tan niños, relataba historias y fascinantes leyendas. A cambio, la gente le proporcionaba comida y alojamiento. Pero Mattius nunca se quedaba dos noches en el mismo sitio.

Cuando trabajaba, Única se sentaba cerca de él y lo miraba, hechizada. A veces acompañaba el sonido del laúd de Mattius con su flauta, y aquello producía un efecto mejor en la historia que cantaba el juglar.

Cuando el cuento tocaba a su fin, *Sirius* pasaba entre el público con un platillo en la boca. No siempre podían darle dinero, pero le obsequiaban con pequeños regalos, con panecillos recién hechos o con ropa de abrigo.

Mattius iba siempre a pie. Había dejado el caballo en la aldea, porque ya no tenía prisa. Además, nunca pasaba por las casas de los ricos caballeros del Señor del Valle; Única se enteró de que el singular joven sólo llevaba su magia y su alegría a los más pobres y, aunque su fama había trascendido tanto que el Señor le había pedido que actuara en su castillo, Mattius siempre se había negado. Cuando lo visitaba era sólo para defender a los demás habitantes del Valle, como el día en que Única lo conoció.

Según pasaba el tiempo, las Montañas Rojas aparecían más y más grandes en el horizonte. Viajando con el juglar no tuvieron ningún problema con nadie, y Cascarrabias tuvo que reconocer que el perro, además de ganarse su pan, los protegía de los extraños.

Capítulo IV

Las Montañas rojas

—¡**E**l Camino! —chilló Fisgón—. ¡El Camino sigue por aquí!

Única y Cascarrabias echaron a correr, seguidos por *Sirius*, que trotaba alegremente, y de Liviana, que volaba tras él. Mattius se quedó atrás, esbozando una media sonrisa. Cuando llegaron a la altura del gnomo, descubrieron que lo que decía era cierto.

El juglar llegaba en aquellos momentos, con paso tranquilo.

—¡Mira, Mattius! ¡Voy a encontrar a los míos! —dijo Única.

Esto no era del todo cierto, se dijo Cascarrabias. En aquella dirección sólo encontraría el lugar de donde partió su pueblo. Que ellos estuvieran allí era otra cuestión. Sin embargo, el duende miró a Mattius con expresión culpable. Como había prometido el juglar, estaban de nuevo en el Camino.

Mattius se agachó, cogió un puñado de arena blanca y

la probó.

—Es sal —dijo, pensativo.

—Eso ya lo sabíamos —replicó Fisgón, impaciente—. ¿A qué esperamos?

—Es una de las cosas que siempre me ha intrigado del Camino —explicó Mattius—. La sal se disuelve con el agua, y ha llovido mucho desde que los Medianos pasaron por aquí. Y, sin embargo, el Camino sigue en su sitio.

—¿Qué quieres decir? —preguntó Única.

—Que quizá alguien evitara adrede que la lluvia lo disolviera. Con magia, o algo así. Se tomó muchas molestias para localizar a tu gente, ¿no?

Mattius se puso en pie para no perder de vista al gnomo, que ya trotaba siguiendo el Camino.

—¡Eh, para! —le gritó—. ¿Vas a cruzar la Garganta del Fuego tú solo?

Fisgón lo oyó y volvió atrás, no por miedo sino por curiosidad.

—¿Qué es la Garganta del Fuego? —le preguntó a Mattius.

—Es un paso encajonado entre roca, que comunica los dos lados de las Montañas. Nadie pasa por allí sin dar explicaciones a los minotauros.

—¿Eso es peligroso? —quiso saber Liviana.

Mattius se encogió de hombros.

—Depende de con quién vaya uno. Casualmente, estáis acompañados por la persona adecuada.

Cascarrabias resopló por lo bajo, pero no dijo nada. Única veía al juglar como un héroe, y él no quería herirla. Y Liviana había dicho que era buena persona.

Como ya anochecía, acamparon entre las enormes piedras de las Montañas, más rojas que nunca, porque las bañaba la luz del atardecer.

Única dejó de contemplar el magnífico espectáculo crepuscular cuando las primeras estrellas aparecieron en el cielo, y Mattius encendió una hoguera.

—¿Cómo son los minotauros? —preguntó entonces Fisgón.

—Son hombres fornidos y fuertes, y tienen cabeza de toro —respondió Mattius.

—¡De toro! —repitió Fisgón maravillado—. ¿Y eso por qué?

—Porque son medio hombres, medio toros.

—¿Y son tan altos como tú?

—Son más altos que la gente del Valle, pero no tan altos como yo. Aunque sí más anchos y grandes —añadió sonriendo, y los demás sonrieron con él: Mattius era muy delgado.

—¿Y son peligrosos? —siguió indagando Fisgón.

Mattius no respondió enseguida; se quedó mirando fijamente el fuego, y sus ojos brillaban con destellos rojizos.

—Las Montañas Rojas son el hogar de la sangre y el fuego —dijo—. Hay una historia que cuenta que en otro tiempo vivió aquí una raza de minotauros negros, pacíficos y bondadosos. Pero entonces llegó otra estirpe de minotauros de pelaje bermejo, violentos y ambiciosos, y los Negros fueron expulsados de las Montañas. Los minotauros Rojos no son de fiar. Pero tampoco los hombres del Señor del Valle lo son —añadió para sí mismo.

No comprendieron lo que quería decir, y tampoco preguntaron más. Mattius estaba muy callado y parecía ausente. Única se durmió contemplando al juglar, y cómo el fuego arrancaba brillos rojizos de su cabello castaño.

A la mañana siguiente, prosiguieron su viaje siguiendo el Camino de sal. Única iba delante con Fisgón, bailando al son de la música de su flautilla.

Por la tarde alcanzaron la Garganta y se detuvieron, intimidados.

Era, como había dicho Mattius, una enorme brecha entre las Montañas, un paso para atravesarlas. El Camino discurría sobre la tierra roja, encajonado entre dos gigantescas paredes que parecían elevarse hasta el sol. En aquel lugar, cualquier sonido rebotaba hasta el infinito, y el eco se encargaba de reproducirlo y propagarlo por toda la Garganta.

Única se estremeció. "Blanco sobre rojo", pensó. En su sueño era al revés: rojo sobre blanco. Levantó la cabeza y, muy decidida, echó a andar.

Mattius se desperezó, estirándose cuan largo era.

—¡Adelante! —dijo simplemente, y los otros obedecieron.

Al atardecer llegaron a un recodo en el cañón. Entonces se oyó una voz terrible que retumbó por el desfiladero, y el eco reprodujo fielmente:

—¡Alto! ¿Quién va?

Única se tapó los oídos, trastornada por el sonido de aquella voz repetida tantas veces. Buscó con la mirada y vio, en lo alto de la pared rocosa, un imponente ser medio hombre medio toro, de pelaje rojizo y ojos que parecían echar chispas. Bañado por el sol del ocaso, parecía estar envuelto en llamas. En una mano sostenía una larga lanza, como las que habían visto en la Cordillera, y Única no dudó que sabía emplearla muy bien.

—Ahí va —dijo el gnomo, admirado—. Es Muy Grande.

En otras circunstancias, Única habría sonreído ante

aquel comentario de Fisgón, para quien el minotauro era Muy Grande, y Mattius simplemente Alto.

Miró a su nuevo amigo, esperando que los sacara de aquélla, pero el humano parecía muy tranquilo.

—Soy sólo un pobre juglar errante que está de paso —dijo Mattius, alzando las manos en son de paz.

El eco se encargó de hacer llegar la respuesta hasta el minotauro, que guardó silencio durante unos instantes.

—¡Hum! —dijo por fin—. ¡Eres un hombre ciertamente extraño, no te pareces a los del Valle!

—Procedo de muy lejos, señor —respondió Mattius con calma.

—¿De dónde vienes, y a dónde vas? —exigió saber el minotauro.

—Acabo dejar el Valle y voy al reino más allá de las Montañas.

La punta de la lanza estaba dirigida ahora a Única y sus amigos.

—¿Quiénes son ésos?

—Criaturas de Bosque-Verde, más allá de la Cordillera Gris. No representan ninguna amenaza.

—¡Eso lo decidiré yo!

—No creo que un grupo de Pequeños sea problema para todo un pueblo de minotauros —observó el juglar—.

¿Podemos pasar?

—¿Cuál es tu nombre?

—Mattius el Juglar.

—¿Sólo eso?

—Así me llaman —replicó él —. Así se me conoce en el mundo entero.

El minotauro calló durante un instante. Luego exclamó sorprendido:

—¡Caramba, Mattius, eres tú! ¡Ya casi me había olvidado! ¡Ha pasado tanto tiempo...!

—Efectivamente, amigo Guardián; han pasado muchos años.

—¿Por qué no me lo has dicho antes? —le reprochó el minotauro, bajando la lanza—. ¡Bienvenido a las Montañas Rojas!

Fisgón, Única y Liviana cruzaron una mirada, sonrientes. Pero Cascarrabias estudiaba al minotauro con desconfianza.

—Debes reconocer que no hay muchos hombres como yo —dijo Mattius, trepando sin dificultad hasta donde estaba el Guardián—. Me sorprende que no me recordaras. ¿Era necesario todo esto? Has asustado a mis amigos.

—Bueno, bueno —rió el Guardián—. La última vez que te vi eras mucho más joven. Y no tenías esa horrible barba.

Mattius hizo una mueca y se rascó la perilla; estaba muy

orgulloso de ella.

—Y ese chucho era un cachorrillo —añadió el minotauro, señalando a *Sirius*—. Además... tenía entendido que siempre viajabas solo.

El juglar dirigió una breve mirada a Única y sus compañeros.

—Esta es la única excepción, te lo aseguro —respondió—. Necesitamos cruzar las Montañas Rojas. Vamos siguiendo el Camino de sal.

—Presentaréis antes vuestros respetos al Consejo —dijo el Guardián, muy serio.

—Por supuesto —respondió Mattius suavemente—. Además, he venido expresamente para hablar con ellos.

El rostro del Guardián se relajó, y volvió a sonreír.

—Seguidme, pues —dijo.

Había un sendero entre las rocas, y echó a andar por él. Los Pequeños y la Mediana alcanzaron al juglar.

—¿Por qué le has dicho que iríamos? —susurró Cascarrabias irritado.

—Porque no conviene contradecir a un minotauro Rojo —respondió Mattius—. Son terribles cuando se enfadan. ¿Recordáis la historia de anoche?

Cascarrabias asintió, tragando saliva, y no volvió a abrir la boca.

El minotauro los condujo hacia un enorme espacio a cielo abierto entre las montañas, rodeado de roca por todas partes, donde cientos de cavernas se abrían en las paredes de piedra rojiza.

—Esto es Ciudad Minotauro —explicó el Guardián a los extranjeros.

Fisgón lo espiaba todo con ojos brillantes, siempre bien oculto detrás de Mattius. A los demás no les gustaba verse rodeados de tantos minotauros, aunque ellos apenas les prestaban atención; parecían todos muy atareados.

—Así que es cierto que preparáis una invasión —comentó Mattius.

—¿Bromeas? —replicó el Guardián, volviéndose hacia él—. ¡Es el Señor del Valle quien quiere invadirnos a nosotros! Sólo nos defendemos.

—¿Por qué iba a querer invadir las Montañas? Es absurdo.

—No son las Montañas lo que le interesa, sino lo que hay detrás.

Mattius miró fijamente al minotauro. Se había puesto pálido de pronto, y sus ojos eran de un azul tan claro que parecía cristal de hielo. Única se sintió inquieta, porque era la primera vez que lo veía nervioso.

—Estás de broma —dijo el juglar—. Nunca podría

vencerlos a ellos.

—¿Quiénes son *ellos*? —se oyó la voz aguda de Fisgón; nadie le hizo caso.

—Eso ya lo sé —respondió el minotauro—. Pero el Señor del Valle se ha vuelto muy engreído.

Mattius desvió la mirada.

—No podrá ganar. Valle Amarillo será devastado. Y los campesinos...

—No es nuestro problema. Pero sí sé que los humanos del Valle jamás cruzarán las Montañas.

Mattius pensó involuntariamente en las gemas de Liviana que fueron utilizadas para salvar la aldea... y para comprar armas.

El Guardián los condujo hasta un gran espacio circular formado entre las rocas. Al fondo había siete minotauros rojos sentados en alto. Ante ellos se encontraba un minotauro muy extraño, porque tenía el pelaje de color completamente negro. Tras él había muchos otros minotauros rojos, hablando entre ellos en voz baja.

—¿Qué es lo que pasa? —preguntó Fisgón.

—Es un juicio —respondió el Guardián—. El Consejo va a juzgar al minotauro negro.

—¿Por qué?

—Porque es un espía.

El Guardián avanzó entre la gente, y Mattius y sus amigos le siguieron. Entonces uno de los miembros del Consejo se dio cuenta de que se acercaban. Era un minotauro enorme, más grande que el resto, y cuyo pelaje era de un color rojo más intenso.

—¡Guardián! —exclamó, y todos callaron de pronto—. ¿Cómo te atreves a interrumpir el juicio?

El Guardián iba a responder, pero entonces se oyó la clara voz de Mattius sobre la multitud:

—Saludos, Majestad.

Sorprendido, el minotauro más grande buscó con la mirada al que había hablado. Vio al juglar, y frunció el ceño.

—¡Tú! —exclamó—. Te recuerdo. Ha pasado mucho tiempo.

Mattius se inclinó brevemente ante el Rey de los Minotauros.

—¿Qué vais a hacer con ese pobre minotauro Negro? —quiso saber el juglar—. Pensaba que ya no quedaban de ésos.

Debió de haber dicho algo terriblemente inconveniente, porque el soberano se sobresaltó y se enfureció.

—¿Cómo te atreves? ¡Recuerda que sobre ti pesa todavía una condena de muerte!

Única ahogó un grito y se acercó a Mattius, como intentando protegerlo. Cascarrabias, Fisgón y Liviana se arrimaron unos a otros, asustados.

—No lo he olvidado —replicó Mattius, con calma—. Teníamos un trato. Y yo he venido a cumplir mi parte.

Entonces uno de los miembros del Consejo, el que parecía más anciano, asintió.

—Lo recordamos —dijo—. Te capturamos hace mucho tiempo, Mattius el Juglar, pero tu origen te salvó la vida… con una condición. A cambio de tu libertad te pedimos una historia: la historia de los Minotauros Rojos. Y tú juraste encontrarla.

—También yo recuerdo mi promesa —sonrió Mattius—. Los Minotauros Rojos llegaron a estas montañas hace varios siglos, pero no recuerdan de dónde proceden ni quiénes fueron sus antepasados. Juré descubrirlo.

Única respiró hondo, un poco preocupada. ¡También los Minotauros Rojos buscaban sus orígenes, igual que ella! ¿Qué podía significar aquello?

—Bien —prosiguió Mattius—. Ha sido difícil cumplir con vuestro encargo, lo reconozco. He buscado y preguntado, he recorrido el mundo y he recogido infinidad de historias acerca de vosotros y las montañas, sin saber cuál de todas era la verdadera. Porque yo soy un juglar y, si hay algo que sé bien, es que no hay límites entre Historia y leyenda. Sólo cuento historias, no compruebo si fueron ciertas. Para un juglar, todos los cuentos son verídicos, y ninguno lo es.

>>Sin embargo, no olvidé la promesa que os hice, y seguí buscando. Hasta que, en cierta ocasión, oí a alguien cantar una triste balada, una historia de odio y rencor. Y, desgraciadamente, ésa era la verdadera historia de vuestro pueblo.

Hubo murmullos entre los minotauros.

—Cuéntanos esa historia —pidió el anciano.

Pero Mattius negó con la cabeza.

—Juré averiguarla, no contarla aquí, ante todos. Si queréis escucharla, tendréis que darme algo a cambio.

Pareció que el Rey iba a enfadarse otra vez; pero miró a los miembros del Consejo, y éstos parecían de acuerdo con el juglar, así que suspiró.

—¿Qué es lo que quieres, Mattius? —preguntó con gesto cansado.

—Veníamos de paso nada más —explicó él—. Mis amigos y yo solicitamos permiso para atravesar vuestro reino. Y pedimos también una información.

Los ojos del rey se detuvieron sobre Única y los Pequeños.

—¿Qué extraña comitiva es ésta, Mattius?

—Acompaño a la señorita Única en un viaje en busca de su pueblo. ¿Por casualidad no habréis oído hablar de los Medianos de piel azul? —interrogó.

Única se sintió muy halagada al oírse llamar "señorita", y miró al juglar.

—Los únicos Medianos que yo conozco son los condenados enanos de la Cordillera —gruñó el rey—. Y su piel es tan gris como la roca que trabajan.

—Yo los conozco —se oyó entonces una voz.

Era el minotauro Negro quien había hablado, y ahora añadió:

—Vivían en las Montañas antes de que los Rojos nos echaran de ellas.

Uno de los que lo vigilaban iba a golpearlo para que callara, pero Mattius alzó la mano. El minotauro miró al rey, que negó con la cabeza; así que tuvo que dejar hablar al Negro:

—Dicen las leyendas que tocaban una música maravillosa, y que llegaron de lejos para instalarse en las Montañas. Dicen que avisaron a los minotauros Negros de que algo terrible se acercaba. Recogieron sus cosas y se marcharon, dejando un rastro de sal; y nosotros nos quedamos aquí. Pocos días después, llegó la guerra contra los minotauros Rojos.

Única abrió la boca, horrorizada. ¡Así que su pueblo huía de los minotauros Rojos! ¡Y ahora estaba rodeada de cientos de ellos!

Cascarrabias adivinó sus pensamientos, y carraspeó:

—Los Medianos se instalaron en el Valle y huyeron de él —razonó—. Levantaron una ciudad en la Cordillera, y la abandonaron; y siguieron hasta Bosque-Verde, donde vivieron un tiempo y desaparecieron. Si no he entendido mal, los minotauros Rojos no han dejado las Montañas desde que llegaron a ellas; por lo que pienso que era otro el peligro que corría la gente de Única.

Mattius lo miró con aprobación.

—Está bien —gruñó el rey—, ya tienes información y mi permiso para cruzar la Garganta del Fuego. Ahora, exigimos que nos cuentes la historia de nuestros ancestros.

—De acuerdo —dijo Mattius; se aclaró la garganta y empezó a hablar—: Dice la leyenda que mucho tiempo atrás, las Montañas no eran rojas, sino negras como el carbón, y en ellas vivía una raza de minotauros de pelaje color negro azabache. Cuenta la historia que uno de los grupos se volvió contra el otro, y hubo una terrible guerra entre hermanos. Entonces el pelaje de los atacantes no era rojo, sino negro como el de sus víctimas. Porque, en tiempos remotos, todos los minotauros fueron Negros.

Entonces todos los minotauros empezaron a gritar a la vez, muy ofendidos.

—¡Nosotros somos los Minotauros Rojos! —exclamó el Rey—. ¡Esa historia es falsa!

—¡Silencio! —dijo entonces el más anciano del Consejo.

Y todos se callaron de pronto, en señal de respeto. Incluso el Rey.

—Continúa, por favor —pidió el anciano, y los del Consejo asintieron.

—No se conformaron con expulsarlos de allí —prosiguió Mattius—, sino que los persiguieron hasta matarlos a todos. Las Montañas quedaron teñidas con la sangre de sus víctimas... y el pelaje de los asesinos también.

—¡Va a conseguir que nos maten a todos! —gimió Cascarrabias.

—Circularon muchas historias acerca del cambio de color de las Montañas —concluyó Mattius—. Pero lo cierto es que ni las Montañas ni el pelo de los minotauros son de color rojo fuego... sino rojo sangre. Y el minotauro más rojo de todos es aquel que dirigió el ataque y luego fue coronado Rey de los Minotauros. Sus descendientes también fueron más rojos que los demás; fue así como la maldición cayó sobre los minotauros, y su acción fue castigada con la marca eterna del asesino.

Reinó el silencio entre los minotauros, un silencio sorprendido y lleno de preguntas. Única se atrevió a mirar a los miembros del Consejo, y vio algo asombroso.

El más anciano lloraba. Y, allí por donde pasaban las lágrimas, dejaban marcas negras en su rojo pelaje... como si aquellas lágrimas lo estuviesen lavando, y descubriendo debajo un color original ya perdido...

—Así que ya lo sabéis —dijo Mattius—. Vuestros antepasados son los mismos que los antepasados de los Minotauros Negros. Sois un solo pueblo. Todos somos un solo pueblo, en realidad —añadió a media voz.

Dio una mirada circular, y vio que, igual que el más anciano del Consejo, algunos minotauros lloraban también, y sus lágrimas borraban el color rojo de sus mejillas...

Única estaba muy sorprendida y asustada; miró a Mattius, pero él mostraba su habitual media sonrisa.

El Rey miró a su alrededor, confundido. Entonces se volvió hacia Mattius. Parecía hundido y cansado.

—Llévatelo —dijo a media voz, dándoles la espalda—. Vete, y no vuelvas.

Dio una orden y los guardianes, confundidos, soltaron al prisionero.

El minotauro Negro se frotó las muñecas y miró al juglar.

—¿Querrás acompañarnos? —le preguntó Mattius.

El minotauro asintió sin una palabra.

Abandonaron Ciudad Minotauro sin que nadie les detuviera, y llegaron a la Garganta sin incidentes. Cuando pasaron junto al Guardián de la Garganta del Fuego, éste no les dijo nada, sino que volvió la cabeza hacia otra parte, como si no los hubiera visto.

Caminaron toda la noche bajo las estrellas, muy confundidos y asustados, sin hablar ni detenerse. A Única le pareció ver un poco más allá las sombras de lo que parecían ruinas de una ciudad de Medianos, pero no se detuvo para comprobarlo. Al alba, aún seguían en las Montañas, pero Ciudad Minotauro quedaba muy atrás.

Cayeron rendidos sobre la tierra roja y durmieron de un tirón hasta el mediodía. Sólo el minotauro Negro había permanecido despierto, alerta. Pero también *Sirius* tenía un oído muy fino, y los protegería de todo peligro.

Cuando Única despertó, se quedó un rato pensando en lo que había pasado con los minotauros. Su historia le resultaba familiar. "Quizá a mi pueblo le pasó algo parecido. Pero… ¿fueron castigados?". Sacudió la cabeza; no estaba muy segura. "Pero mi piel no es roja, sino azul", pensó, mirándose las manos una vez más.

Decidió no pensar más en ello. Descubrió entontes que

tenía hambre, así fue a su mochila en busca de una mazorca de maíz. Mientras la mordisqueaba, oyó una suave melodía, y vio que era Mattius, que hablaba con el minotauro Negro a la vez que pulsaba distraídamente su laúd.

—Quizá aún no sea demasiado tarde para los minotauros —decía Mattius, pensativo—. Parece que ya están empezando a entender…

—No, no lo creo —respondió el minotauro Negro—. Pasará mucho tiempo antes de que comprendan de verdad.

Pero el juglar movió la cabeza.

—Nunca he entendido por qué hay guerras y matanzas —dijo—. Ojalá pudiera hacer algo más.

—Estás haciendo mucho: hoy me has salvado la vida. Te debo…

—No me debes nada —interrumpió Mattius—. Sabes que no me he arriesgado: el rey jamás se atrevería a llevarme la contraria.

El otro asintió; Única tuvo la sensación de que los dos sabían algo que ella no sabía. ¿Quién era Mattius? ¿Sólo un juglar?

Tras cruzar unas breves palabras, Mattius y el Negro se despidieron. Parecía que éste iba a volver a su hogar… estuviera donde estuviese.

—¡Espera! —lo detuvo Única—. Gracias por darme

noticias de mi pueblo.

El minotauro no dijo nada, pero sonrió, y siguió su camino. La Mediana lo vio perderse a lo lejos.

La sacó de sus pensamientos un formidable bostezo de Fisgón:

—¡Ouaaaah, cuánto he dormido...! Fue muy cruel por tu parte, Mattius, hacernos caminar toda la noche. Estoy molido.

Mattius no respondió. Recogieron las cosas y siguieron adelante.

Capítulo V

La Parda floresta

Al anochecer vieron que la Garganta se abría y se despejaba el Camino. El juglar se detuvo para mirar atrás.

—Hemos salido de las Montañas —dijo—. No hay mucha gente que haya visto lo que hay detrás.

Fisgón estalló en una salva de preguntas atropelladas. Pero estaba oscureciendo, y no podían ver qué había más allá. Decidieron esperar al amanecer para proseguir su viaje, y encendieron un fuego.

Enseguida se oyó la voz del gnomo.

—¿Qué te pasa, Mattius? ¿Por qué no nos quieres contar nada del lugar que vamos a visitar?

—Estoy ocupado —respondió el juglar lacónicamente, pero se había tumbado bocarriba, con el gorro casi tapándole los ojos, y rasgueando su instrumento en ademán más bien perezoso.

Esta actitud irritó a Fisgón; y es tan difícil ver a un gnomo enfadado como encontrar un duende que no lo esté.

—¡No me trates como si no existiera! —chilló, y se lanzó sobre él.

Por supuesto, Fisgón, que medía quince centímetros, no podía hacerle daño a un hombre de metro ochenta y cinco como Mattius. Pero le arrebató el gorro, pensando que, puesto que Mattius nunca se lo quitaba, debía de tener un gran valor sentimental para él. El juglar se levantó de un salto.

—¡Eh! —gritó, furioso.

Pero era demasiado tarde. Fisgón, contento por haberle hecho reaccionar, se escabullía con el gorro, y se escondía detrás de Única.

Sin embargo, la broma tuvo otras consecuencias. Todos se quedaron mirando boquiabiertos a Mattius. Hasta *Sirius* ladró con inquietud.

Nadie se movió. El juglar, refunfuñando, recuperó su gorro sin contemplaciones y se lo caló, volviendo a tapar unas orejas... ¡puntiagudas, tan puntiagudas como las de Cascarrabias, Fisgón o Liviana!

—¡Oye! —exclamó el gnomo—. ¡Tú eres raro! ¡Los humanos no tienen las orejas puntiagudas!

—¿Ah, sí? ¿Y qué? —replicó Mattius, malhumorado; un gnomo es capaz de sacar a sus casillas al más templado y sereno.

—No confías en nosotros —lo acusó Cascarrabias—. ¿Por qué nos acompañas?

—Ya te lo dije: tenía que venir aquí de todas maneras.

—¿Y dónde es "aquí"? —insistió Fisgón.

—La Parda Floresta —dijo Mattius al fin, sentándose junto al fuego.

—¿Qué puede haber de terrible aquí? ¿Son sus habitantes más peligrosos que los minotauros? —preguntó Liviana.

—Pueden llegar a serlo —repuso Mattius, tras pensarlo un momento; parecía más calmado—. Pero a simple vista no lo parecen. No os preocupéis; no pasaríais la Floresta sin permiso, pero conmigo no tenéis nada qué temer.

—¿Qué aspecto tienen? —inquirió Fisgón.

—Veamos, si para vosotros los humanos son Grandes, los minotauros Muy Grandes, y a mí me llamáis el Alto... supongo que ellos serían... los Muy Altos.

—¡Más altos que tú! —exclamó Fisgón, fascinado—. ¡Yo creía que nadie podía superarte en altura, Mattius!

El juglar sonrió; pero Cascarrabias no había terminado con él

—¿Y tú, quién eres? —quiso saber—. ¿Por qué tenemos que confiar en ti, si tú no confías en nosotros?

—Os he traído hasta el otro lado de las Montañas, ¿no?

—¡Alguna razón tendrás! Los tipos como tú no hacen nada sin pedir algo a cambio.

Eso no era verdad, pensó Única al recordar al minotauro Negro.

Mattius se levantó de un salto y se irguió en toda su estatura. El fuego proyectó sobre Cascarrabias una sombra larga y terrorífica. *Sirius* se plantó junto a su amo con el pelo erizado, gruñendo por lo bajo.

—¡No me das miedo! —lo desafió el duende, pese a que había retrocedido algunos pasos—. ¡Ni tú, ni ese perro pulgoso tuyo!

—¡Es un lobo! —replicó Mattius, herido en su orgullo.

—¡Lo sabía! —aulló Fisgón—. ¡Un lobo!

—¡También nos engañaste en eso!—exclamó Cascarrabias.

Mattius había perdido la paciencia.

—¡Técnicamente, es ambas cosas! —le gritó al duende—. ¡Quizá su padre fuera un perro pulgoso, pero su madre pertenece a una de las estirpes de lobos grises más antiguas y nobles de la Cordillera!

Sirius seguía gruñendo, con los ojos encendidos como ascuas.

—Pero tú eso no puedes entenderlo —prosiguió el juglar, temblando de ira—, porque eres un duende de pura cepa.

—¿Y por qué nos acompañas? —insistió Cascarrabias—. Le dijiste al Guardián que siempre viajabas solo. Yo lo oí.

Se hizo un silencio glacial. Entonces, Mattius respondió fríamente:

—¿Así que no me crees? Bien, te lo diré. Soy un juglar, y me gano la vida contando historias. La de Única es una de las mejores que he oído nunca. Y quiero saber cómo acaba.

Sin una palabra más, les dio la espalda, se envolvió en su capa y se retiró a un rincón alejado para dormir. *Sirius* se tumbó junto a él, enseñando los dientes a todo el que se acercaba; su amo quería estar solo.

Única también. Se acurrucó en su rincón, preguntándose si lo había dicho en serio, si sólo estaba con ellos para poder coleccionar una historia más. Suspiró, y recurrió a lo único que podía consolarla y alejar sus miedos: cogió su flautilla y empezó a tocar.

Los sonidos del instrumento de Única llegaron hasta Mattius, pero el juglar no se movió, y Fisgón y Cascarrabias empezaban a arrepentirse de haber organizado todo aquello.

Uno a uno, poco a poco, se durmieron.

A la mañana siguiente, Fisgón fue el primero en levantarse para ver a la luz del día qué aspecto tenía la Parda

Floresta. Pero lo primero que notó fue que el juglar y su perro-lobo habían desaparecido.

—¿Todavía estará enfadado por lo de sus orejas? —se preguntó el gnomo.

Corrió a despertar a sus amigos para informarles de las novedades.

Cascarrabias se rascó la cabeza, pensativo.

—Comprobemos si falta algo en nuestro equipaje — decidió.

Los otros lo miraron con la boca abierta.

—¡Eres injusto! —estalló Única—. ¡Él no es un ladrón!

—No puedes confiar en un hombre que no confía en ti —sentenció el duende—. Dijo que no podríamos cruzar la Floresta sin él, y nos ha abandonado. ¿Qué más pruebas quieres?

—No me extraña que nos dejara después de cómo le trataste anoche —repuso Liviana fríamente—. Yo también lo habría hecho, en su lugar.

—Es curioso que se uniera a nosotros después de ver tus piedras —replicó Cascarrabias—. Yo de ti comprobaría si siguen donde las dejaste.

Liviana se quedó pasmada.

—No lo dirás en serio. Te dije que era un buen hombre.

—Hasta tu magia puede fallar alguna vez. Bueno, mira

lo de las piedras; si no se ha llevado nada, le pediré perdón cuando lo vea.

Liviana fue a buscar su saquillo. Volvió enseguida, consternada.

—No están —dijo a media voz—. Mis gemas de colores no están.

Única ahogó un grito. Cascarrabias cruzó los brazos, triunfante.

—¿Lo ves? —le espetó—. Él dijo nada más verlas que eran de gran valor.

Hubo un largo silencio. Única luchaba contra los sentimientos contradictorios que bullían en su interior. Le gustaba Mattius, le había gustado desde el principio, y había llegado a tomarle cariño. Ahora no sabía qué hacer sin él, y le costaba trabajo aceptar la idea de que se había marchado sin decir nada y, lo que era peor, llevándose algo que no era suyo.

Por fin levantó la cabeza y tomó una decisión.

—Seguiremos el Camino —dijo con gesto sombrío—. Y cruzaremos la Floresta, con o sin él.

Por una vez, todos estuvieron de acuerdo; ni siquiera Liviana tenía miedo de los Muy Altos, o de los peligros de la Floresta. Simplemente, debían seguir adelante.

Nadie dijo nada hasta que se internaron en un bello

bosque de tonos castaños y dorados. Las hojas de los árboles eran de un suave color marrón, y una brisa templada recorría la hierba.

—Es bonito —comentó entonces Liviana—. Pero echo de menos el verde.

—Es como el otoño —dijo Fisgón—. El abuelo Trotamundos dijo que en algunos sitios, las plantas cambian de color en un determinado momento del año; no como en Bosque-Verde, donde siempre es primavera.

Única caminaba con la vista fija en el Camino, sin mirar a su alrededor. No había hablado ni tocado su flauta en todo el día. Los demás la entendían, pero no era culpa de Cascarrabias que el juglar hubiera robado las joyas; Liviana se las habría dado si las hubiera pedido, pero las había cogido sin más.

A medio día llegaron a un claro donde vieron algo que no era nuevo para ellos: una ciudad Mediana abandonada...o lo poco que quedaba de ella.

Única se detuvo a contemplarla unos instantes. Luego, sin siquiera internarse por entre las ruinas, siguió andando, porque el Camino no terminaba allí.

—¿Y cómo creéis que serán los que viven aquí? —parloteaba Fisgón.

—Muy Altos —replicó Liviana, pero eso no era bastante para el gnomo.

Cascarrabias no escuchaba su charla; en realidad, estaba preocupado por Única, porque avanzaba a grandes pasos por el Camino, sin esperarlos, y eso no era normal en ella; siempre había sido considerada con la gente más pequeña que no tenía una zancada tan larga como la suya.

Única seguía adelante, mirando al suelo; pero de pronto se estremeció y levantó la vista.

Frente a ella había un grupo de extrañas criaturas de hermosos y juveniles rostros, delgados y tan altos que llegaban a los dos metros de estatura. Sus miembros eran flexibles y elegantes, sus pieles de suave color castaño claro, y sus orejas, puntiagudas como las de la Gente Pequeña. Se armaban con largos arcos y carcajs llenos de flechas. Sus grandes ojos almendrados observaban a los recién llegados con calma y sabiduría.

Única sintió una súbita alegría en su interior. Le recordaban vagamente a Mattius, pero, definitivamente, el juglar no era tan hermoso y sobrenatural como los Muy Altos.

—Bienvenidos al Reino de los Elfos, extranjeros —dijo uno de ellos con voz melodiosa—. ¿Qué os trae a la Parda Floresta?

Única recuperó el habla para decir, tartamudeando:

—Yo... me llamo Única, la Mediana. He venido desde Bosque-Verde siguiendo el Camino de sal. Voy buscando a mi gente, los Medianos de piel azul. Vinieron aquí hace mucho tiempo; tenéis las ruinas de una de sus ciudades en la Floresta.

—Eso es cierto —dijo el elfo—. Pero ocurrió hace muchos siglos, y los Medianos se fueron hacia el bosque de donde tú vienes. No volvieron por aquí. Si lo que quieres es encontrarlos a ellos, quizá sería mejor que dieses media vuelta y te fueras al lugar de donde has venido.

Única trató de liberarse de la fascinación que le producían sus palabras amables y educadas. En el fondo, ¿qué le estaba diciendo? ¿Que se marchara? ¿Lo había entendido mal?

—No lo entendéis —dijo, moviendo la cabeza—. Los Medianos desaparecieron en Bosque-Verde sin dejar ni rastro. Quiero encontrar su lugar de origen para tratar de averiguar a dónde fueron. Ya registré la ciudad de Bosque-Verde y no encontré ninguna pista.

Los elfos rieron con suaves risas cristalinas. Única creyó que se burlaban de ella.

—¡No lo entendéis! ¡Se fueron y me dejaron atrás! ¡Yo soy la última!

Los elfos dejaron de reír.

—No nos interpretes mal, pequeña —dijo uno de ellos dulcemente—. Simplemente nos hace gracia que quieras volver al lugar de donde tus antepasados intentaban escapar desesperadamente.

—¿Qué lugar es ése? —preguntó Cascarrabias—. Si no nos dejáis pasar, al menos contadnos más cosas.

—Los elfos vivimos mucho tiempo —dijo el elfo—. Por eso recordamos las cosas con claridad, y conocemos más historias que el resto de la gente.

—Pero los Medianos llegaron de más allá de la Parda Floresta —añadió otro—. Dicen las Crónicas que se establecieron entre nosotros y les enseñamos el arte de la música.

Única lo miró con incredulidad. Al principio le habían gustado los elfos, pero ahora los veía fríos y arrogantes, y no le hacía gracia la idea de que la mayor habilidad de su pueblo procedía de ellos.

—Pronto nos superaron, sin embargo —prosiguió el primer elfo—. Porque para nosotros la música era un pasatiempo y, para ellos, una necesidad.

—¿Necesidad? —repitió Fisgón—. ¿Y eso por qué?

—No lo sabemos. Éramos muy pequeños cuando los Medianos se marcharon de la Floresta.

Los de Bosque-Verde abrieron mucho los ojos. ¡Lo que

estaban relatando había pasado hacía muchos siglos! ¡Y aquellos elfos que parecían tan jóvenes decían que ellos...!

—Los elfos vivimos mucho tiempo —repitió el elfo, sonriendo.

—Entonces, habrá elfos de más edad que recuerden qué pasó —dedujo Única—. ¿No podría hablar con ellos?

—Te hemos dicho que es mejor que des media vuelta y regreses a Bosque-Verde —dijo uno de los elfos con dulzura, como si le hablase a un niño pequeño.

Única levantó la cabeza, miró a los elfos y declaró, muy decidida:

—Seguiré adelante.

Los elfos hablaron entre ellos en un lenguaje bello y musical. Finalmente, se volvieron hacia ellos encogiéndose de hombros.

—Muy bien —dijeron—. Entonces, tendremos que hacerte prisionera.

—¿Por qué? —preguntó Única, estupefacta—. ¡Si no he hecho nada!

—No te asustes. No te haremos daño si nos acompañas de buena gana.

Fisgón y Liviana cruzaron una mirada. Como ellos eran pequeños, quizá pudieran escabullirse sin que los elfos se dieran cuenta, y volver más tarde a rescatar a Única y

Cascarrabias. Pero entonces descubrieron que no podían moverse.

—¡Magia! —exclamó Liviana, sorprendida.

¡De modo que los elfos eran magos! Eso explicaba muchas cosas.

Aquel hechizo sólo les dejaba elegir entre quedarse quietos y seguir a los elfos, pero en ningún caso caminar en otra dirección; si lo intentaban, quedaban inmediatamente paralizados. Así que no tuvieron más remedio que acompañar a los elfos a través de la Floresta.

Única caminaba indiferente. En realidad, ya nada le importaba. La traición de Mattius seguía pesándole como un puñal clavado en el corazón.

Al cabo de un rato llegaron a una magnífica ciudad de torres doradas que se elevaban altísimas, casi hasta las nubes. Todo en ella guardaba un perfecto y armonioso equilibrio, y los edificios eran tan delicados que parecían de cristal. Hermosísimos jardines tejían filigranas vegetales entre las altas y esbeltas construcciones élficas. Los Pequeños no se cansaban de mirar a su alrededor, maravillados ante tanta belleza.

Entraron en el palacio más hermoso de todos, algo intimidados. Mientras recorrían los pasillos, los ojos de Única se detuvieron en un rostro familiar entre un grupo de elfos.

—¡Mattius! —gritó.

Pero el juglar no pareció reconocerla. Sus ojos eran ahora grises como la pétrea Cordillera, y su mirada había dejado de ser dulce.

—¡Mattius! —repitió Única.

—¡Traidor! ¡Ladrón! —lo insultó Cascarrabias.

Los elfos los condujeron lejos del juglar. Los hicieron entrar en una bonita y amplia habitación bien iluminada.

—Esperad aquí a que el Príncipe os llame —dijeron, y cerraron la puerta.

Pronto comprobaron que aquello era una prisión. Tenía un hermoso ventanal, había espacio de sobra y los alimentaban bien, pero el cuarto estaba protegido por la magia y no podían salir.

Los días pasaban. Cuando ellos preguntaban cuándo verían al Príncipe, los elfos se encogían de hombros y respondían: "Tal vez mañana".

Única tenía su propia forma de protestar ante aquel encierro sin sentido: todos los días se sentaba junto al ventanal y tocaba y, aunque ella no podía saltar fuera, la magia sí dejaba pasar su música, que envolvía la ciudad desafiando a las más hermosas melodías llegadas desde los jardines élficos.

El que peor lo llevaba era Fisgón. El inquieto gnomo se

pasó todo el primer día explorando la estancia pero, hecho esto, a la mañana siguiente dijo: "Me aburro".

Y comenzó a languidecer.

El tono verde de su piel se hizo más pálido, dejó de comer y se limitaba a mirar por la ventana con unos suspiros que partían el alma.

Sus amigos temían por él, y con razón: no hay peor tormento para un gnomo que dejarlo morir de aburrimiento.

Pero, como si hubieran adivinado que la vida de Fisgón corría peligro, un buen día los elfos trajeron una nueva inquilina para la habitación-celda.

—¡Caramba! —exclamó una vocecita aguda cuando los elfos cerraron la puerta—. ¡Nunca antes había estado en esta habitación!

Miraron bien, se frotaron los ojos y volvieron a mirar. No cabía duda: la criatura no mediría mucho más que el dedo índice de un elfo, tenía orejas puntiagudas y piel de color verde, vestía ropas desenfadadas y un sombrerito de colores chillones, obtenido sin duda en alguno de sus innumerables viajes.

—¡Hola! —saludó resueltamente la joven gnomo, quitándose el sombrero con una reverencia—. Me llaman Silva la Escurridiza.

Fisgón se animó inmediatamente, y corrió a charlar

con Silva. Ésta le contó que añoraba Bosque-Verde, pues llevaba varios años viajando por el mundo. Fisgón, por su parte, le contó el motivo de su viaje.

—¡Ja! —rió Silva—. No esperéis que el Príncipe os llame pronto. Los elfos viven muy despacio. Quizá dentro de varios años se decida a hablar con vosotros, y no le parecerá mucho tiempo; para ellos, los años son como los días. Además, el Príncipe tiene ahora otros problemas en mente.

Silva había viajado mucho, y les contó que en todas partes había una extraña inquietud; que los elfos desconfiaban de los minotauros y del Señor del Valle, y por eso ya nadie podía cruzar la Floresta.

—Ni siquiera al hijo del Príncipe lo han dejado pasar —suspiró Silva—, porque venía por el Camino del Valle. Es cierto que nunca lo quisieron demasiado aquí, pero hasta ahora no habían llegado a ese extremo.

A Única no le interesaban los asuntos de la familia real élfica.

—¿Cómo sabes tantas cosas? —preguntó Cascarrabias.

Silva se llevó un dedo a los labios con una sonrisa juguetona.

—¡No me llaman la Escurridiza por casualidad, amigo duende! ¡He rondado por este palacio durante días antes de que me echaran el guante!

—Tenemos que salir de aquí, como sea —suspiró Cascarrabias.

No había terminado de decirlo cuando se abrió la puerta.

—Quedáis en libertad —dijo el elfo—. Han pagado vuestro rescate.

—¿Y podremos seguir el Camino? —preguntó Única.

El elfo asintió, y se apartó para dejarlos pasar. Silva se ocultó en el morral de Única, y aprovechó así para salir con ellos.

—¿Quién habrá pagado nuestro rescate? — se preguntó Cascarrabias.

—¡Qué más da! ¡Somos libres! —reía Fisgón, correteando feliz bajo los rayos del sol.

—No sé, pero últimamente se pagan muchos rescates —comentó Silva—. Figuraos que ayer vi nada menos que al hijo del Príncipe negociando con su padre acerca de la libertad de unos amigos suyos. La pagó con un montón de piedras preciosas.

Única se volvió inmediatamente hacia ella.

—¿Qué has dicho?

—Que negoció un rescate —repitió Silva pacientemente—. El hijo del Príncipe. El mestizo. Le dio a su padre un saquillo de piedras preciosas.

—Es él —susurró Única—. ¡Mattius!

—¿Mattius? —repitió Silva, sorprendida; le brillaban los ojos—. ¡Oh, Única, no me digas que conocéis al hijo del Príncipe de los elfos! ¡No me digas que vosotros sois los amigos a los que quería liberar!

—Me parece que sí —murmuró Única, sintiéndose algo culpable—. Cuéntame más cosas de él, por favor —le pidió a Silva.

—Es una historia de todos conocida. El Príncipe se enamoró de una bella humana del Valle, y se casó con ella. Tuvieron un hijo, pero los nobles elfos nunca estuvieron de acuerdo con aquella boda. ¿Cómo iba a gobernarlos un mestizo, alguien que no era elfo de pura raza? En fin, con los años la mujer envejeció y murió, pero el Príncipe siguió viviendo, porque los elfos viven mucho tiempo. Pero no volvió a casarse.

Única era incapaz de decir nada; Silva siguió hablando por ella:

—Encima, el semielfo le salió rebelde. Como vio que aquí no le tenían mucho cariño, cogió un laúd, se echó a los caminos y se hizo juglar. ¡Juglar! Esto le sentó muy mal a su padre, claro... si al menos hubiera sido un trovador, de ésos elegantes que cantan a las damas en los palacios y componen poemas de amor... pero no; el semielfo, el hijo del Príncipe de los elfos, se convirtió en un polvoriento juglar que iba de aldea en aldea relatando historias.

—¿Y por qué ha vuelto? —quiso saber Cascarrabias.

—¿Cómo voy a saberlo? —respondió Silva, encogiéndose de hombros—. Vosotros lo conocéis, ¿no?

Única le contó entonces cómo los había dejado por la noche, sin decir nada, llevándose las piedras preciosas de Liviana.

—Bueno —dijo Silva—; entonces, quizá se adelantó para asegurarse de que os dejarían cruzar la Floresta. Quizá también tenía ganas de volver a ver a su gente... qué sé yo. Pero los elfos ya no confían en él. No le dejarán abandonar la Parda Floresta nunca más.

—¡Pero no pueden hacer eso! —exclamó Única—. Mattius necesita viajar.

—Pues entonces debería habérselo pensado dos veces antes de volver al palacio. Sabía que las cosas andaban mal, que se arriesgaba a que no le dejaran marcharse si volvía ahora. Sólo por curiosidad, ¿cómo lo conocísteis? Parece que se ha tomado muchas molestias por vosotros.

Única lanzó una mirada acusadora a Cascarrabias, que miró al suelo, avergonzado. La Mediana dio media vuelta y volvió a entrar en el palacio.

—¡Espera! ¿A dónde vas? —la llamó Cascarrabias.

—¡A buscar a Mattius! ¡Y no me voy sin él!

—¿Esa chica no sabe que es peligroso entrometerse en los asuntos de los elfos? —preguntó Silva.

Cascarrabias resopló y echó a correr tras ella; los gnomos y el hada lo siguieron.

Nadie les cortó el paso, porque ahora ya no eran prisioneros. Única se detuvo una sola vez para preguntar dónde estaba el salón del trono y, una vez obtenida la información, siguió andando muy decidida.

Tampoco les impidieron entrar a ver al Príncipe. Aquello no era un delito, porque el soberano de los elfos tenía tiempo de sobra... pero sí una tremenda falta de educación.

Pero a Única no le importaba. Irrumpió en la sala sin contemplaciones.

El Príncipe de la Parda Floresta estaba sentado en lo alto de un trono labrado y adornado con incrustaciones de oro. Era un elfo ya maduro, y parecía muy cansado. Una fina diadema le ceñía la frente.

Frente a él estaba Mattius el Semielfo, el juglar.

—¡Mattius! —gritó Única, y corrió junto a él.

—Les dije que os dejaran en libertad —dijo el juglar frunciendo el ceño.

—Y lo han hecho. Pero no nos marcharemos sin ti.

Esta audaz declaración la hizo mirando a la cara al Príncipe que, sin embargo, ni se inmutó.

—Habéis hecho la mitad del viaje sin mí —dijo Mattius—. Podéis seguir solos.

—No es eso —insistió ella—. Sabemos que no serás feliz si no puedes viajar de un lugar a otro; por eso, no te abandonaremos aquí.

El Príncipe alzó sus finas cejas, desconcertado; además de Única, en la puerta había un duende, un hada y dos gnomos.

—Única está buscando a los suyos, padre —dijo Mattius—. ¿Recuerdas algo de ellos?

—Un nereida —dijo el Príncipe, mirando a Única—. Hacía siglos que no veía uno de ellos.

—¿Alguna vez visteis a alguien como yo? —preguntó ella sorprendida.

—Han pasado varios siglos desde entonces —recordó el elfo—. Yo era un joven atolondrado cuando los Nereidas llegaron asustados huyendo de un enemigo que, según decían, los perseguía implacablemente. Se quedaron unos años entre nosotros, construyeron una ciudad en la Floresta... no logramos hacer desaparecer ese rastro de sal, pero les enseñamos el arte de la música, que ellos utilizaban para rechazar a sus enemigos... creo recordar. Pero nunca dijeron de quién huían; tenían miedo de pronunciar su nombre. Un día recogieron todo y se fueron, pero no vimos a nadie tras ellos.

—¿No? —soltó Fisgón, incrédulo—. ¡Pero debía de ser un monstruo espantosamente grande si le tenían tanto miedo! ¿Por qué no lo vio nadie?

Única guardó silencio. Y entonces le pidió al Príncipe, lisa y llanamente, que dejara marchar a Mattius. Le contó cómo había ayudado a la gente del Valle frente al Señor, cómo se había enfrentado al Rey de Ciudad Minotauro y cómo llevaba la alegría a todas las aldeas. Le dijo que, si no le dejaba hacer su trabajo, su hijo nunca sería feliz en la Parda Floresta.

—Mattius ha venido aquí para pedirme que no luche contra ese Señor del Valle que quiere invadir mi reino —dijo entonces el Príncipe—. ¿Qué pretende? ¿Que deje entrar aquí a los humanos? ¿Que se apoderen de la Parda Floresta? Está actuando como un traidor a su pueblo.

—¡Sólo intento evitar una estúpida guerra! —replicó Mattius, furioso—. ¡No creo que...!

Pero lo interrumpió una dulcísima melodía que hizo que todos enmudecieran inmediatamente.

Única la Mediana, la Última Nereida, tocaba.

Nadie dijo nada mientras la música los envolvía y se extendía por todo el palacio del Príncipe de los elfos. Fuera lo que fuese lo que estaban haciendo, todos se detuvieron a escuchar la melodía de la flautilla.

Cuando la música cesó, el silencio pareció aterrador. Pero la expresión del Príncipe ya no era severa, y sus ojos se habían dulcificado.

—Música nereida —dijo—. La he oído todos los días en mi palacio, y no sabía de dónde venía.

Hizo una pausa. Luego prosiguió.

—Tu música me ha traído recuerdos de mi juventud. Es el mejor regalo que podrías haberme hecho. Si un puñado de gemas de la Cordillera vale el rescate de cinco criaturas de Bosque-Verde, una canción nereida vale el rescate del hijo del Príncipe de los Elfos.

—¡Hurra! —chillaron Fisgón y Silva a dúo.

—Intenta detener esto, Mattius —le dijo el elfo a su hijo—. No seré yo quien ataque a los reinos vecinos, pero tendré que defender la Floresta si intentan invadirnos, ya lo sabes.

Mattius asintió.

—Gracias, padre. Por el momento, acompañaré a Única y sus amigos en su viaje. Hay algo que deseo saber.

Única miró al juglar, intrigada; los ojos de éste eran

ahora de un suave color pardo.

Se despidieron del soberano con una reverencia y dieron media vuelta para marcharse; en la puerta, Mattius se volvió de nuevo.

—Por cierto, padre —dijo—. ¿Qué has hecho con mi perro?

Capítulo VI

El mar de Zafir

Unos días más tarde, Fisgón vio algo increíble, algo de lo que había oído hablar pero era incapaz de imaginar, algo que ni su amiga Silva había visto todavía, algo inmenso, insondable, que parecía infinito: el Océano.

La Parda Floresta acababa en una playa de arenas doradas, y, más allá, el agua se extendía hasta el horizonte. Liviana quedó boquiabierta.

—¡Pero si no se ve la otra orilla! —dijo—. ¿Es esto el mar? ¿Así, tan azul?

Única se miró las manos, de suave color azul. Pensó en su sueño y supo que estaba cerca, pero el mar, además de atraerla, la atemorizaba.

—Los elfos dijeron que mi gente huía de su lugar de origen —le dijo a Mattius—. Pero no sabían por qué.

Él no respondió. Contemplaba el mar mientras acariciaba a *Sirius*.

—Sabes... —añadió Única oprimiendo su flauta—. El

caso es que no quiero volver allí. Me da miedo.

Mattius la miró. Los ojos violetas de Única se encontraron con unos ojos de un dulce color cielo.

—¿Tienes idea de lo que pudo haber pasado? —le preguntó el juglar.

Única iba a responder, cuando el viento les trajo las voces excitadas de los gnomos, que habían seguido adelante sin ellos.

—¿Habéis oído? —jadeó Cascarrabias—. ¡Dicen que el Camino se acaba ahí!

—No puede ser —musitó Única, y echó a correr para comprobarlo.

Cuando llegaron junto a Silva y Fisgón vieron que el Camino de sal se internaba en el agua... o, mejor dicho, parecía salir de ella.

—Vaya... —murmuró Mattius—. Única, amiga, parece que tus antepasados salieron del mar.

Única se mojó la punta del pie en una ola que lamía la arena, pero no se atrevió a acercarse más. Quizá sus antepasados habían salido del mar, pero ella nunca había visto tanta agua junta.

—¡Es absurdo! —dijo Cascarrabias—. ¿Cómo iban a salir del mar? Tiene más sentido pensar que proceden de una isla.

—Es posible que llegaran en barco —admitió Mattius—. Recuerdo una historia sobre gente que vivía en una isla blanca... pero eso no viene al caso.

—¡Cuéntala, por favor! —le pidió Única rápidamente.

Mattius la miró, sorprendido por aquel repentino interés.

—No la recuerdo entera y, además, no habla de tu gente, sino de unas criaturas de piel pálida que tenían alas en la espalda, como las aves.

—¿Y qué pasó?

—Cuenta la leyenda que fueron castigados por algo que hicieron, pero no sé cómo ni por qué. Es una historia algo confusa.

Única palideció. Atropelladamente, le habló a Mattius de su sueño.

—Entonces ya sabemos qué hay que hacer —dijo el juglar—. En algún lugar del Mar de Zafir hay una isla blanca. Ahí es adonde tenemos que ir.

—¿Y cómo vamos a hacerlo? —preguntó Liviana.

—Pues en barco, por supuesto. ¿Cómo si no?

Mattius conocía un pueblo de elfos pescadores al linde de la Floresta, de forma que se dirigieron allí. Obtuvieron de los marineros toda clase de facilidades. Nadie había oído hablar de una isla blanca, excepto en antiguas leyendas, pero un intrépido capitán dijo que su barco, aunque pequeño, estaba disponible para realizar la búsqueda.

A la semana siguiente, una mañana tranquila, zarparon.

Todo se había hecho con sorprendente rapidez para tratarse de elfos; pero cualquier elfo sabía quién era el hijo del Príncipe, aunque no visitara mucho la Floresta, y también sabía que no era como los demás: debido a su parte humana, a veces Mattius tenía *prisa*. Y no convenía hacerlo esperar.

Así comenzó la travesía.

El velero elfo avanzaba ligero, aunque se dirigía al azar. Sería muy difícil encontrar una isla perdida en el océano, les dijo el capitán. Pero no parecía preocupado, lo cual era obvio: él tenía mucho tiempo para buscarla.

Los días pasaron rápidamente. Única solía subir a proa para tocar su flauta allí, y que el viento esparciera la música por todo el barco. Fisgón y Silva empezaron por curiosearlo todo y, cuando no quedó ningún rincón a bordo donde no hubieran metido sus naricillas, comenzaron a aburrirse; por suerte, Mattius los entretenía contándoles historias. Cascarrabias pasaba los días entre mareo y mareo; Liviana habría jurado que, desde que zarparon, el duende estaba más verde que de costumbre, pero él no se quejaba, aunque solía decir que echaba de menos la hierba fresca bajo sus pies.

Una noche, Única subió a cubierta a contemplar las estrellas; allí se encontró con Mattius que, por lo visto, había tenido la misma idea.

—Hola —saludó la Mediana, sentándose junto a él—. ¿Qué piensas?

Mattius señaló el cielo.

—Estaba mirando ese grupo de estrellas —dijo—. Es la constelación del Can Mayor. Se llama así porque tiene forma de perro.

—¿Esa estrella que brilla tanto pertenece a ella? —preguntó Única.

Mattius asintió.

—Dicen los sabios que es la más brillante del cielo. Se llama Sirius.

—¡Como tu perro!

—No es casualidad. Le puse ese nombre a propósito.

Como si supiera que hablaban de él, *Sirius* los miró y movió el rabo.

—¿Comprendes ahora por qué tengo por único amigo a un perro-lobo? —dijo el juglar—. Él es como yo. Un mestizo. No pertenece a ningún lugar.

Única calló durante un momento. Luego dijo:

—¿Y no aceptarías por amiga a la última de los nereidas? También yo soy única en el mundo. Y me siento muy sola —añadió.

—Lo sé —sonrió Mattius—. Pero tú tienes a tu gente, en alguna parte. Y tarde o temprano volverás con ellos.

Esto fue un golpe para Única. Era cierto que llevaba mucho tiempo buscando a los suyos. Pero, si los encontraba... ¿tendría que dejar a sus amigos? La dulce Liviana, el inquieto Fisgón, el gruñón Cascarrabias, la traviesa Silva, el fiel *Sirius*... y Mattius, el juglar.

—Ahora ya no sé si quiero volver con ellos —dijo a media voz.

—No digas eso. Estás extraña estos días; sé que no lo piensas en serio.

—¿Estoy extraña? —repitió ella, sorprendida—. No me había dado cuenta.

—Sí, lo estás. Tu música es diferente, y creo que es por el mar. Produce un extraño efecto en ti.

Única no dijo nada. Eso sí lo había notado: aquella inmensa extensión azul la inquietaba, y le hacía sentir como si un puño le oprimiera el corazón.

—Escucha, Única, tengo que pedirte un favor —dijo entonces Mattius—. Supongo que ya te habrás dado cuenta de que el mundo está hostil y las distintas razas desconfían unas de otras. Creo que se prepara una guerra.

Única asintió. El juglar prosiguió:

—Vi cómo actuó sobre el Príncipe de los elfos la magia de tu música. Cuando encuentres a tu pueblo... ¿querrías pedirles que toquen todos juntos una melodía para arrancar el miedo y el odio de los corazones de la gente?

—¿Podrían hacer eso? —preguntó Única, sorprendida.

—Es sólo una teoría, pero creo que sí. Tu música tiene algo especial; si una melodía tuya pudo aplacar la ira del monarca elfo... ¿qué podría hacer la música de todo un pueblo de gente como tú?

La idea empezaba a tomar cuerpo en la mente de Única.

—Lo intentaré —le prometió al juglar.

Ambos quedaron callados un rato, mientras Única se preguntaba qué haría cuando encontrase a los suyos. No quería dejar a sus amigos, y mucho menos a Mattius. Sentía por él algo especial.

Se preguntó si él sentiría algo parecido; se volvió para mirarle, pero Mattius parecía ensimismado mirando las estrellas. Única le llamó, y el juglar se volvió hacia ella.

—¿Me echarás de menos cuando me vaya? —le preguntó Única, mimosa.

—Claro que sí. Somos amigos, ¿no?

—¿Sólo eso? —Única parecía decepcionada—. ¿Nada más?

—¿Qué te pasa? —dijo el semielfo, confuso—. ¿Por qué me haces esas preguntas?

Única se sintió muy herida. Desde que había llegado al Valle Amarillo no había encontrado más que Gente Grande, y todos ellos la trataban como si fuese una niña pequeña, debido a su estatura. Ella no sabía la edad que tenía, pero sí sabía que, aunque era muy joven, no era una niña pequeña.

Había creído que Mattius era diferente, pero no. Él era el doble de alto que ella. Y no la veía como una persona mayor.

—Claro, tú no te das cuenta —dijo, irritada—. Me tratas como a una niña. ¡Y no soy una niña, soy casi adulta! Lo que pasa es que los nereidas somos todos así de altos, no crecemos más. ¡Y tú deberías saberlo!

Se levantó y se fue, echando chispas, a un rincón alejado, dejando a Mattius y al perro-lobo completamente desconcertados.

—¿Qué mosca le habrá picado? —se preguntó el juglar, rascándose la cabeza, mientras *Sirius* emitía un corto ladrido.

No fue a buscarla, sino que se quedó allí, pensando en lo que ella había dicho.

Porque, pese a lo que pensase Única, Mattius no la veía

como una niña. Pero él sabía que, de todas formas, ella tampoco era una adulta todavía. "Si fuese humana, tendría unos doce o trece años", se dijo el juglar. Bajó la vista y descubrió que su perro le miraba fijamente, con aire de reproche. "Le gustas, amigo", parecía decirle.

—Sí, eso parece —le contestó Mattius, un poco preocupado—. Es mi amiga, y le tengo cariño, ¿sabes? Pero somos diferentes.

"Tú siempre has dicho que la gente debería fijarse en las semejanzas, y no en las diferencias", pareció contestarle el perro.

—Y así lo creo, *Sirius*. Quiero a Única como a una hermana. Quiero que sea feliz entre su gente. ¿Está mal eso?

—No, no está mal. Todo lo contrario.

Mattius se sorprendió, porque esta vez había oído una voz de verdad. Entonces vio a Cascarrabias, que se acercaba tambaleándose por la cubierta.

—Gracias por preocuparte —dijo el duende—. Quería pedirte perdón por haber desconfiado de ti. A veces... soy demasiado gruñón. Eso nos pasa a casi todos los duendes.

Mattius sonrió.

—No te preocupes. Eres un gran tipo —le aseguró, y a Cascarrabias se le hinchó el pecho de orgullo.

Entonces, de pronto, un relámpago iluminó el horizonte; enseguida retumbó un trueno.

—¡Tormenta! —se oyó la voz del capitán elfo.

Inmediatamente, comenzó a caer una lluvia torrencial. Mattius no lo podía creerlo: ¡hacía un momento había estado mirando las estrellas en un cielo totalmente despejado!

Se reunieron todos en la cubierta, temblando, para ver qué pasaba.

—¡Qué emocionante! —comentó Silva; Cascarrabias le dirigió una mirada asesina.

No había tiempo para hablar, sin embargo; tenían que ponerse a cubierto rápidamente. Entraron todos por la escotilla; Única quedó algo rezagada, escuchando los truenos.

Rojo sobre blanco... retumbó un trueno...

—¡Única, date prisa! —gritó Mattius desde dentro.

Única volvió a la realidad. Iba a entrar tras sus amigos, pero de pronto una formidable ola barrió la cubierta...

Y la Mediana se vio luchando por su vida en medio del mar embravecido.

—¡¡Únicaaa!! —oyó la voz de Mattius, que se desgañitaba llamándola.

Pero el velero elfo se alejaba de ella cada vez más, empujado por la tempestad. Otra ola se abatió sobre ella, y la hizo hundirse. Única luchó por salir a la superficie, pero el mar no la dejaba. Se ahogaría; además, la aterraba sentirse rodeada de tanta agua.

Luchó y luchó, conteniendo la respiración. Sentía los pulmones a punto de estallar. "Esto es el final", pensó. Y se rindió.

Tardó unos segundos en comprender de que seguía viva, y, lo que era más extraordinario: *podía respirar bajo el agua.*

Miró a su alrededor, pasmada, y probó a nadar. Entonces descubrió que sus manos habían cambiado, porque le habían crecido unas extrañas membranas entre los dedos para facilitarle los movimientos en aquel mundo subacuático. Algo parecido le había pasado en los pies.

Única se sintió muy asustada al principio e intentó escapar, aunque no sabía de qué. Comprobó entonces que podía nadar con increíble rapidez.

Miró a su alrededor. Arriba estaba la superficie; sentía el mar agitado sobre ella. Abajo, calma y silencio.

Silencio.

Vio algo en el fondo y, ya que no tenía nada qué perder, decidió echar un vistazo, y nadó hacia abajo. Según fue descendiendo, aquellas extrañas formas tomaron cuerpo. Única se quedó sin aliento.

Una ciudad.

Y la arquitectura le resultaba poderosamente familiar. Una ciudad nereida.

Le vinieron a la mente las palabras de Mattius: "Vaya... Única, amiga, parece que tus antepasados salieron del mar". Lo había dicho como una broma, y nadie lo había tomado en serio. Pero...

Única se acercó. No había duda: blanca y azul. Ondas. Arcos, cúpulas y bóvedas. Y ni un alma.

Única recorrió las calles desiertas, sintiendo que aquellas membranas que le habían crecido entre los dedos la impulsaban con gran fuerza bajo el agua; los peces se asomaban entre las algas para mirarla, y ella les sonreía como a viejos conocidos en aquel milenario mundo azul.

Su mente bullía de preguntas. ¿De veras ése era el lugar de origen de su gente? ¿Qué tenía que ver la isla con todo aquello? ¿Quién los perseguía? ¿Y por qué se marcharon? ¿Y a dónde fueron?

Única se llevó la flauta a los labios para tocar esa música en la que Mattius tenía tanta confianza para remediar los males del mundo. Pero del instrumento sólo salieron burbujas. "¿Burbujas?", se dijo ella. Intentó repetir la palabra en voz alta, pero su boca sólo emitió... más burbujas.

Única se encogió de hombros. Ya estaba acostumbrada a que su flauta no funcionara en una ciudad de nereidas.

¿Pero cómo podían ser músicos si las flautas no tocaban música en sus ciudades?, se preguntó.

Vio entonces un enorme edificio con una hermosa cúpula blanca, que aún seguía en pie. Se acercó.

Sobre la puerta había un nombre grabado en unos caracteres que Única no había visto nunca pero que, de alguna manera, conocía. Leyó:

Templo de
Silencio

Única se estremeció; no entendía qué estaba pasando, ni qué había pasado, pero tenía que averiguarlo, así que, dominando su pánico, entró. La puerta se cerró sin ruido tras ella. Una luz blanca la cegó. Se desmayó, y quedó flotando en el agua, inconsciente.

Y soñó.

Soñó con un pueblo de criaturas de blancas alas y albas túnicas, que vivían en una hermosa isla blanca. Soñó que un día ocurrió algo terrible, porque una de esas criaturas hechas de luz y bondad quitó la vida a uno de sus semejantes. Soñó que aquél era un crimen horrible, porque la vida es lo más preciado que tenemos, y nadie puede arrebatarla sin más. Soñó que, además, aquella primera muerte provocó una guerra, una lucha entre hermanos, como la de los minotauros.

Soñó que todas las criaturas aladas fueron castigadas: expulsadas de la Isla Blanca y condenadas a vivir en el fondo del mar. Perdieron su alas, y sus manos y pies se adaptaron a la vida bajo el agua.

Pero no, lo peor no fue eso. Lo peor fue que, condenados a vivir en el fondo del mar, fueron también condenados al Silencio Perpetuo.

Los nereidas pasaron muchos siglos bajo el mar; hasta que uno de ellos, descendiente de otro a quien en la Isla Blanca llamaban el Guía, planeó un increíble plan de fuga, y se lo comunicó por señas a los demás; les dijo que más allá del mar había un continente, que el Guía había visto mucho tiempo atrás; les dijo que debían escapar del agua, pero no para volver a la Isla, pues allí el Silencio los encontraría. No; tenían que llegar a tierra firme.

Fue así como salieron del mar huyendo del Silencio; desaparecieron las membranas natatorias de sus manos y pies, pero nunca recuperaron sus alas. Y su piel había quedado teñida, después de tantos siglos en las profundidades del océano, de un suave color azul.

Pero el Silencio no se dio por vencido. Aterrados, los nereidas descubrieron que, allá por donde pasaban, iban dejando un rastro de sal. Así el Silencio, su implacable carcelero, los seguiría allá donde fueran.

De los elfos aprendieron el arte de la música, y lo desarrollaron incansablemente, porque la Música mantenía alejada al Silencio; por eso cada vez que nacía un niño nereida sus padres le colgaban al cuello una flautilla, y se aseguraban de que nunca se desprendiese de ella.

A través de sus sueños, Única revivió el éxodo de los nereidas, los Medianos del fondo del mar. Vio cómo construían sus ciudades con optimismo, buscando empezar una nueva vida rodeados de su música, hasta que sus instrumentos empezaban a fallar.

Ésta era la señal de que el Silencio había vuelto a alcanzarles. Los nereidas recogían sus cosas y huían, dejando tras ellos un Camino de sal.

En el último reducto nereida, la ciudad de Bosque-Verde, nuevamente fueron los descendientes del Guía quienes dieron con la solución. Huirían a un lugar donde el Silencio no podría alcanzarles. Un lugar que había estado junto a ellos durante mucho tiempo.

Única despertó.

No había logrado ver el final; o quizá el Silencio no quería que ella lo viese. Miró a su alrededor, atemorizada. Los nereidas se habían ido; pero quedaba ella, atrapada en la morada de su peor enemigo.

Vio que la puerta se abría tras ella.

El Silencio la dejaba marchar. ¿Por qué? ¿Y a dónde habían ido los nereidas?

Escapó del templo, nadando a toda prisa sin mirar atrás.

Por alguna razón, el Silencio ya no estaba interesado en ella.

¿Sería que los nereidas habían vencido?

Única huyó rauda de la ciudad, y subió, y subió, y llegó a la superficie. Respiró hondo y oyó el sonido de su propia respiración. Eso le gustó.

A lo lejos, como una mancha blanca entre el inmenso azul del cielo y el inmenso azul del mar, se alzaba la Isla.

Única nadó hacia allí.

Epílogo

La Isla blanca

Cuando Única llegó a la playa, se miró las manos y vio que ya no tenía membranas. Se preguntó si no lo había soñado. Vacilante, dio algunos pasos, hasta que se acostumbró a caminar de nuevo. Entonces corrió a tierra firme. Oyó unas voces a lo lejos, y se dirigió hacia allí con precaución.

Su sorpresa y alegría fueron mayúsculas al encontrarse con todos sus amigos sanos y salvos, y con la tripulación del barco élfico al completo.

—¡Única! —exclamó Cascarrabias, loco de contento—. ¡Estás viva!

Única corrió a abrazar a sus amigos.

—¿Y vosotros? —preguntó—. ¿Qué hacéis aquí?

—El barco naufragó —explicó Mattius—. Un grupo de delfines nos rescató y nos trajo hasta aquí. Parecía como si ya supieran lo que estábamos buscando —añadió, frunciendo el ceño.

Única sonrió, y les contó lo que había averiguado.

Todos se quedaron pasmados.

—¿Y si estalla una guerra acabaremos todos en el fondo del mar? —dijo Fisgón.

—¡Qué espantoso! —suspiró Silva, a quien le gustaba mucho hablar, y solía hacerlo por los codos—. ¡El Silencio Perpetuo!

—O se nos quedará la piel roja como a los minotauros —siguió conjeturando Fisgón.

—¿Y a dónde se han ido los tuyos, Única? —preguntó Cascarrabias.

Única calló un momento, pensativa, intentando desentrañar el mensaje y el significado de lo que había visto en el Templo del Silencio. Después alzó la cabeza, sonriente.

—Creo que ya lo sé —declaró—. Y voy a irme a casa con ellos.

Abrazó a cada uno de sus amigos para despedirse, intentando no llorar; se quedó unos segundos más en brazos de Mattius. "Te echaré de menos", se dijo. "Me has enseñado el auténtico valor de la música: la música que se da a los demás".

Entonces se llevó la flauta a los labios y comenzó a tocar.

Era una melodía totalmente improvisada, que Única trataba de sacar de lo más hondo de tu corazón. Una melodía diferente a todas.

Madre Música, decía. Déjame ir contigo.

Única pensó en la gente que había conocido: los Pequeños, los enanos, los humanos, los minotauros y los elfos; en sus amigos de Bosque-Verde; y en Mattius el juglar, y siguió tocando.

Madre Música...

Y era una melodía sobrenatural, inmortal. Los que observaban a Única vieron, maravillados, que su piel se iba aclarando hasta volverse blanca, y que en su espalda nacían unas alas de sedosa pluma de cisne.

Única batió sus nuevas alas y, sin dejar de tocar, se elevó en el aire.

—¡Única! —chilló Cascarrabias—. ¿Qué haces?

—¡Vuelvo con mi gente! —respondió ella desde arriba.

—¿A dónde?

—¡Al seno de la Música!

Cascarrabias calló, confuso. No entendía sus palabras.

—¡Adiós, adiós! —dijo Única—. ¡Os echaré mucho de menos a todos! ¡Os quiero!

Siguió tocando y vieron cómo su cuerpo se hacía cada vez más inmaterial, hasta que Única se desvaneció en el aire.

Después, el silencio.

Nadie dijo nada . Pasó un rato hasta que se oyó un sonido desde la playa: los delfines los aguardaban para llevarlos de vuelta a casa.

De vuelta a casa.

Así fue como Única, la Mediana de Bosque-Verde, la última nereida, encontró el camino para volver con los suyos al único lugar donde el Silencio jamás podría alcanzarles: la Música misma.

Y unos días después de la partida de Única sonó una dulcísima melodía venida de nadie sabe dónde, que recorrió el mundo calmando el odio de los hombres, y poniendo fin a la amenaza de guerra.

Fue así como supe que Única había cumplido la promesa que me hizo.

Por eso desde entonces, cada vez que taño mi laúd, sé que las notas que salen de él son también las almas de los nereidas que se refugiaron en la Música; y es por eso que, cada vez que relato esta historia como os la estoy contando a vosotros, recuerdo a mis amigos, los Pequeños, que volvieron a Bosque-Verde (excepto Fisgón, que se fue con Silva en busca de más Caminos), y a Única, la Mediana de piel azul. Y sé que donde haya música estarán ella y su gente y que, mientras yo siga contando su historia, nunca olvidará a su amigo Mattius, el Juglar.

Quedad en paz y sed felices, amigos míos. Si el cuento os ha gustado, aceptaré la recompensa que queráis darme.

Pero os ruego que nunca olvidéis esta historia, para bien o para mal.

SOBRE RUEDAS

Esto te dice el Autor

¿Tú que opinas?

1. Acabas de leer un libro que relata la historia de un viaje, el viaje de Única en busca de los suyos. Ella no sabe hacia dónde camina, aunque tú tenías una pista muy importante, el título.

¿Crees que el título es apropiado?

Imagina que eres el autor o la autora de esta obra y has de ponerle un título.

Piensa tres posibles títulos para el libro. Compáralos con otros que hayan escrito tus compañeros.

2. Los amigos de Única en Bosque-Verde son muy peculiares.

Haz una descripción de cada uno de los tres que le acompañan desde el principio del viaje. Explica cómo son físicamente, pero habla también de su personalidad. Sus nombres te pueden dar una pista.

3. Como has podido comprobar, todos tienen caracteres muy diferentes y, sin embargo, son amigos. Seguro que tú tienes amigos que son muy diferentes a ti en cuanto a personalidad e ideas y, sin embargo, los aprecias mucho.

Habla de algún amigo o amiga que tengas, y a quien no te parezcas mucho.

Seguro que alguna vez habéis reñido, igual que los protagonistas del libro. Pero al final, la amistad es lo que cuenta, ¿no?

4. ¿Por qué es Única tan diferente de los demás en Bosque-Verde?

¿Crees que las personas se pueden sentir diferentes por el color de su piel?

¿Qué opinas de la actitud de la Gente Pequeña hacia ella?

¿Qué opinas de otras actitudes que, desgraciadamente, vemos a menudo en nuestro mundo, como el racismo?

5. A lo largo de su viaje, Única y sus amigos pasan por distintos países y conocen a sus gentes.

¿Son todos amistosos?

Haz una breve descripción del país que más te haya gustado, y de los seres que lo habitan.

6. Copia los títulos de todos los capítulos.

Si te has fijado, cada capítulo juega con los colores, porque en cada lugar predomina un color distinto, que puede apreciarse también en el color de las pieles de sus habitantes. De la misma forma, en nuestro mundo las personas están influenciadas por la tierra donde viven, aunque esto no siempre se manifiesta en el color de su piel.

¿Qué razas distintas encuentras en nuestro mundo?

7. Hay un personaje en la novela que es una mezcla de dos razas.

¿Quién es?

8. También en nuestro mundo la mezcla de culturas ha hecho posible que cada vez existan más mestizos. Esto es debido a fenómenos como la globalización o la inmigración.

¿En qué consiste cada uno de ellos?

Hay quien piensa que la mezcla de razas hace que se pierda la identidad cultural de cada pueblo; hay otros que, sin embargo, opinan que el mestizaje es bueno porque ayuda a combatir el odio racial.

¿Tú qué opinas?

9. Mattius es un juglar: se gana la vida cantando, actuando y contando historias a la gente. Las historias, los cuentos, las leyendas... han estado siempre presentes en la vida cotidiana de la Humanidad. Hoy día nos cuentan historias en los libros, pero también en los comics, el teatro, el cine, la radio o la televisión. En la Edad Media, cuando no había nada de todo esto, los juglares fueron muy populares. Hoy día hay algunas personas que han resucitado este antiguo oficio y cuentan historias "de viva voz".

¿Has visto alguna vez a uno de ellos?
¿Qué hacía?

Imagina que eres un juglar.

¿Cómo vivirías?
¿A dónde irías?

¿Qué historias contarías?

10. Describe al personaje que más te haya gustado, y di por qué.

11. La música permite a Única y a los Nereidas luchar contra el Silencio. Sin embargo hoy día, en un mundo tan ruidoso como el nuestro, resulta difícil encontrar al Silencio. Si bien es importante la música, y hablar para poder comunicarse, también a veces es necesario un poco de silencio para poder pensar. Pero todos los días encontramos ruido ambiental que nos impide pensar: tráfico, obras… incluso ponen música en el supermercado.

Compara nuestro mundo con el de los Nereidas que vivían en el fondo del mar: son los dos extremos opuestos.

Haz una pequeña redacción sobre el ruido, la música y el silencio.

¿En qué se parecen la música y el ruido?

¿En qué se diferencian?

12. ¿Qué otras cosas buenas tiene la música?
¿Por qué crees que la música de los
Nereidas fue capaz de evitar una guerra?

Lee la cita de Paulo Coelho que da comienzo al
libro.
¿Qué crees que quiere decir?
¿Estás de acuerdo?

13. Por fin llegamos al final del libro.
¿Te ha sorprendido?
¿Qué crees que significa?

Si fueses Única, ¿qué harías?
¿Volverías con los tuyos o te quedarías con
tus amigos?

Redacta tú un final alternativo, y no pongas
límites a tu imaginación.